Sibylle Sophie

Im Meer schwimmt die Wüste

Sibylle Sophie

Im Meer schwimmt die Wüste

Roman

edition fischer
im
R.G. Fischer Verlag

Alle Personen sind frei erfunden, eine Übereinstimmung mit Lebenden oder Toten wäre daher rein zufällig.

Bibliografische Information Der Deutschen Bibliothek

Die Deutsche Bibliothek verzeichnet diese Publikation in der Deutschen Nationalbibliografie; detaillierte bibliografische Daten sind im Internet über http://dnb.ddb.de abrufbar

© 2003 by R.G.Fischer Verlag
Orber Str. 30, D-60386 Frankfurt/Main
Alle Rechte vorbehalten
Schriftart: Times 12°
Herstellung: Satz*A*telier Cavlar / NL
Printed in Germany
ISBN 3-8301-0510-X

Für Hugo

Der Liebe gewidmet

Wie die Wellen im Meer,
die kommen und gehen,
ist das Leben, ist die Liebe.
Wellen küssen den Strand,
prallen an die Klippen,
um wieder zu gehen,
doch nicht alleine,
sie tragen ein Stück davon fort,
nehmen es mit sich ins Meer. –
Dort ruht es lange Zeit,
ruht in der Tiefe,
in der Dunkelheit,
um eines Tages,
an anderen Ufern,
wieder die Sonne zu sehen.

Sonnenaufgang auf Texel
an luftiger Wind schob die Wolken darüber
Aquarell süßes Wasser

*D*er Flieger setzt zur Landung an. Ich klappe das Tischchen zurück, stelle meinen Sitz senkrecht, schnalle mich an und schaue wieder hinaus zum Fenster. Draußen gibt es nur Meer und blauen Himmel. Und dann taucht sie auf, Fuerteventura, die Insel. Die Wüste, die im Meer schwimmt.

Die Flugzeugtüren werden geöffnet, sofort dringt die Wärme herein, der Wind. Spätnachmittag. Ich hole meine Koffer, suche das kleine Auto, das ich von zu Hause aus telefonisch reserviert hatte. Als ich die Wagentüre öffne, prallt mir die Hitze entgegen, es muss wohl schon den ganzen Tag in der Sonne gestanden haben. Während ich mich abmühe, mein Gepäck in dem winzigen Kofferraum unterzubringen, bin ich in Gedanken bereits am Meer, am endlosen weißen Sandstrand von Jandia. Ich kurble die Scheiben herunter, dann fahre ich los. Der Fahrtwind spielt mit meinem Haar.

Die Schlüssel für das Häuschen am Strand, mein Domizil für die nächsten Monate, muss ich noch rasch abholen. Ich biege von der Hauptstraße auf einen Schotterweg. Nach ungefähr dreihundert Metern sind hohe Palmen zu sehen, eine verfallene Mauer und dann Lauras Haus, uralt und wunderschön. Sie hat schon auf mich gewartet, umarmt mich herzlich, drückt mir die Schlüssel fürs Strandhaus in die Hand. »Der Kühlschrank ist gefüllt, das Bett ist überzogen, der Wassertank ist voll, das Telefon funktioniert nicht!«, ruft sie mir noch hinterher und setzt hinzu: »Ich schaue morgen Abend mal bei Dir rein!« Fort bin ich, und froh, dass das Telefon nicht funktioniert.

Laura lebt schon seit fast zwanzig Jahren auf der Insel.

»Einmal gekommen, nie mehr gegangen«, sagt sie, wenn sie gefragt wird, warum. Sie war Mitte dreißig, damals, als sie zum ersten Mal hierher kam. »Es war mir einfach alles viel zu eng in Deutschland, zu viele Schubladen, wenn Du weißt, was ich meine.« Sie verkaufte alles, was sie besaß, und zog nach Fuerteventura. Sie erwarb das alte Steinhaus und begann, es wieder bewohnbar zu machen. Räumte Schutt fort, bürstete die Wände sauber, legte Stromleitungen, Wasserleitungen. Baute eine Holzküche ein, Badezimmer, Schlafzimmer. Und war zufrieden mit sich selbst und mit ihrem Leben. Später kaufte sie ›das Stück Strand‹, wie sie sagt, und baute darauf das kleine Häuschen, das meine ›Insel‹ sein soll für diesen Sommer.

Es ist fast dunkel, ich beschließe, die restlichen Sachen morgen auszupacken. Schnell hänge ich noch das einzige schöne Kleid, das ich mitgenommen habe – falls ich vielleicht doch einmal ausgehen wollte –, auf einen Bügel, dann ziehe ich meine Schuhe aus und laufe barfuß über den Strand zum Meer. Mein Blick geht nach Westen, dort ist noch die Abenddämmerung am Horizont zu sehen. Der Wind hat sich gelegt, es riecht nach Meer, nach Salz und Tang. »Wo liegt Arizona?«, frage ich mich, suche den Weg nach dorthin, versuche die gerade Linie zu meinen Wurzeln zu ziehen. Arizona, das Land, dem ich gehöre, die Wüste, deren Teil ich bin. Und nun höre ich die Trommeln wieder, die Gesänge, sehe sie wieder tanzen dort oben auf der Mesa, meine Brüder und Schwestern. Und ich sehe Arizona, seine Canyons, seine roten Felsen, es schwimmt auf dem Meer. Die Wüste schwimmt im Meer.

Die Liebe für Arizona, so vermute ich, war schon immer in mir, ich brachte sie mit in dieses Leben. Als ich sechzehn war, hatte ich einen amerikanischen Schulfreund, Fred, dessen Vater, ein Archäologe, für ein Jahr lang in Deutschland tätig war. Fred hatte oft seinem Vater in den Ferien bei dessen Ausgrabungsarbeiten an einer verschütteten und verfallenen indianischen Stätte in New Mexico geholfen. Einmal, beim Würfelspiel mit Indianern, gewann er einen Ring. Silber, mit einem großen Türkis – eine alte Handarbeit. Als Fred mit seiner Familie wieder zurück in die USA ging, schenkte er mir zum Abschied diesen Ring. Vielleicht ist dieses Geschenk, dieser Ring, die Ursache, warum ich Jahrzehnte später nach meinen Wurzeln suchte und warum ich sie auch wieder fand, vor Jahren, in Arizona, bei meinen indianischen Brüdern und Schwestern.

Für eine kurze Weile setze ich mich in den immer noch warmen Sand, grabe meine nackten Füße ein und überlege, ob ich meine Malutensilien, Pinsel, Malblock, Aquarellfarben heute Abend schon draußen auf der Veranda bereitlegen sollte, um keine Sekunde des Sonnenaufgangs morgen, in seiner ganzen Einzigartigkeit, zu versäumen, ihn zu malen und ihn damit für immer mein werden zu lassen. Oder sollte ich weiterschreiben, jetzt gleich, an meinem Buch, meiner Erzählung? Schreiben hieße aber auch, dass es spät würde in der Nacht und dass somit die Sonne morgen ohne mich aufginge und sich ihr Farbenspiel, ihr Zauber, nicht über mein Papier ergießen würde. Ich erhebe mich, schlendere langsam zurück ins kleine Haus.

Als ich erwache, steht die Sonne schon hoch am Himmel. Verschlafen! Den Sonnenaufgang einfach verschlafen! Weder gemalt noch geschrieben. Nichts von alldem gemacht, worauf ich mich auf dem Flug hierher schon so sehr freute. Zu müde? Oder einfach Nichtstun nötig?

Ein langsamer Tag. Es ist ein langsamer Tag hcute. In dem bis an seine Grenzen gefüllten Kühlschrank – Laura hat es mal wieder besonders gut gemeint mit mir – finde ich Milch, Obst. Im Hängeschrank stehen Haferflocken und Honig. Was will ich mehr? Ich packe alles auf ein Tablett und bringe es auf die Veranda. Ich blicke hinaus aufs Meer. Ruhige See. Kein Schiff, kein Boot, nichts. Auch niemand am Strand. Die Welt scheint ausgestorben zu sein. Nur noch ich bin da. Ich, das Meer, die Weite und die Schöpfung. Lange sitze ich so da, blicke in die Endlosigkeit, fühle nur Stille. Und mein Selbst verteilt sich in Raum und Zeit.

Nachmittags male ich Licht. Durchsichtigkeit. Aufbruch zu anderen Welten. Die Schöpfung.

Von Ferne höre ich Lauras Stimme, sie scheint in Begleitung zu sein. Als sie um die Hausecke biegt, ruft sie »Hallo, bist Du da? Ich habe noch jemand mitgebracht!« Und schon steht sie auf der Veranda. »Das ist Anna«, stellt sie mir ihre Begleitung vor. Eine ältere Frau mit wunderbaren Augen reicht mir zur Begrüßung die Hand. Ihr Händedruck ist warm und fest, ehrlich, aufrecht. Laura sagt: »Anna wohnt hier auf Fuerte. Sie ist gekommen, vor Monaten, um nicht wieder zu gehen. So wie ich damals.« Laura scheint Gedanken lesen zu können. Sie erklärt: »Anna ist Anna«, als ich mir gerade überlege, was Anna wohl macht, wer sie wohl ist. Sie scheint kein bestimmtes Alter zu haben – wenn sie lacht, ist sie wie ein junges Mädchen. Manchmal ist ihr Gesicht sehr ernst, aber nicht alt, dann ist es das Gesicht einer schönen, reifen Frau. Und manchmal, für Sekunden, ist ihr Blick voll Weisheit und Liebe, und sie trägt das Gesicht eines langen Lebens. – Anna ist Anna. Ich mag sie.

Wir setzen uns um den runden Tisch auf der Veranda. Ich räume mein Malzeug weg, Laura holt Gläser und eine Flasche Rotwein, füllt ein Glasschälchen mit schwarzen Oliven. Ich lege ein Stück Käse und Brot auf ein Holzbrett, Messer dazu. Jede bedient sich selbst. Ganz langsam, allmählich, wird es dunkel. Wir holen Kerzen, stellen sie in die Mitte des Tisches, finden unsere Mitte. Wir sitzen und schweigen, lauschen den Geräuschen der Nacht, des Meeres. Hören das Spiel der Wellen, wie sie sich über den Strand ergießen, um sich dann wieder ins Meer zurückzuziehen. Es ist das Leben selbst. Es ist Kommen und Gehen.

Anna beginnt zu erzählen. »Wie wir drei hier so sitzen, erinnert mich das an meine Kindheit in Berlin in meinem Elternhaus, als ich noch ein kleines Mädchen war und Mutters zwei Schwestern sonntags zu Besuch kamen, bis in die Nacht hinein blieben, und die drei Frauen auf der Veranda saßen, die Welt auseinander nahmen, um sie dann wieder richtig zusammenzusetzen. Die beiden, Julie und Charlotte, waren nie verheiratet gewesen. Mein armer Vater sagte immer: ›Ich hab drei Frauen‹, woraufhin Fremde ihn völlig entsetzt ansahen. Mein Vater hatte sehr viel Humor, aus seinen verschmitzten Augen betrachtete er die Welt oft ganz anders als die übrigen Familienmitglieder.« Anna kann wunderschön erzählen, denke ich, so lebendig schildert sie ihre Vergangenheit, und in ihren Augen liest man dabei noch viel, viel mehr, als sie sagt. Erzähle weiter, Anna, bitte ich sie in Gedanken, und lass mich dabei in Deinen Augen lesen.

»Freitag abends fand die allwöchentliche Badezeremonie statt«, fährt Anna fort. »Emma, unser Dienstmädchen – seit Jahren schon bei uns als Mutters rechte Hand – ging dann in die Waschküche, um auf dem Herd zwei riesige Töpfe Wasser zum Kochen zu bringen. Wenn es so weit war, goss sie es in zwei Holzbottiche, nahm ein altes Betttuch und hängte es über eine zwischen den beiden Bottichen gespannte Wäscheleine. Es diente als Sichtschutz, um uns Mädchen vor den neugierigen Blicken unseres Bruders zu schützen, aber eigentlich war es gerade umgekehrt, denn mein Bruder war stets in Gedanken versunken, träumte vor sich hin, und kein Mensch wusste, wovon. Dann goss sie noch kaltes Wasser hinzu und rief unserer Mutter, die uns im Gänsemarsch hinter sich her in die Waschküche brachte. Wir legten unsere Kleider ab und stiegen in die Bottiche. Mutter schrubbte meinen Bruder, Emma wusch uns die Haare und seifte uns ein. Mit einer großen Schöpfkelle gab es anschließend sauberes warmes Wasser über den Kopf, und ein eiskalter Guss über die Schultern beendete die Zeremonie. Natürlich kreischten wir Kinder lauthals los, noch bevor der kalte Guss kam, was wiederum unseren Vater dazu brachte, in die Waschküche zu eilen. Er befreite uns Kinder dann aus dieser ›Knechtschaft und Folterkammer‹, wie er sagte, und spendierte uns seinen ›Zaubertrunk‹, der uns augenblicklich in eine Welt versetzen würde, in der Kinder auch Menschen waren und keinen Zwängen unterliegen mussten. Wir drei Geschwister glaubten fest daran.« Eine Weile schweigt Anna, dann sagt sie unerwartet: »Wie sehr vermisse ich meines Vaters ›Zaubertrunk‹.« – Schweigen. Stille. Nur die Brandung ist zu hören, Wellen, die kommen und gehen, wie das Leben selbst. Das Kerzenlicht flackert leicht im Nachtwind. Zaubertrunk – diese Nacht ist Zaubertrunk. Und am Himmel ziehen die Wolken vorüber. Und ich denke an die vielen Sternschnuppen, die ich sah in Arizona, die ich sah in der Wüste. Und die Wüste schwimmt im Meer.

Wiederfinden. Anna wollte sich einfach nur wiederfinden. Ihr Ich, ihr Selbst. Aus dem inneren Gleichgewicht geraten? – »Nein«, sagt sie, »dies ist kein Privileg nur jüngerer Menschen, die ›voll im Leben stehen‹, zuviel Arbeit, zuviel Stress, zu wenig Zeit für sich selbst haben. Auch ältere Menschen können ihre Mitte verlieren. Es steigen vielleicht Träume in uns hoch, die wir schon längst vergessen glaubten, Zeiten, die wir nicht lebten, Lieben, die wir nicht zuließen. Und plötzlich suchen wir wieder nach uns selbst, fragen, was aus all unseren Träumen wurde. – Ich musste weit weg von meinem Alltag gehen, um nach meinem Ich suchen zu können. Ich habe meine Mitte wieder gefunden, doch suche ich immer noch nach mir selbst.«

Wir wandern barfuß am Strand, lassen unsere Beine von den Wellen umspielen, sind uns sehr nahe, sehr vertraut. Ich verstehe Anna, denn auch ich machte mich auf die Suche nach mir selbst, vor vielen langen Jahren, und dann fand ich indianische Wurzeln und fand meinen Weg.

»Hättest Du Lust auf eiskalte Sangria?« fragt Anna. »Wir könnten in die kleine Bar oben auf den Dünen gehen. Die Sangria dort schmeckt gut, ist leicht und mit extra vielen Orangenscheiben.« Die Bar ist gut besucht, kein Sitzplatz mehr frei. Wir nehmen den Krug mit Sangria und die Gläser und setzen uns ein Stück abseits in den Sand. Anna schaut zu einer Gruppe junger Männer hin, die ihre Surfbretter aufbauen, eine Weile beobachtet sie das Tun und Treiben am Strand. Fasziniert von den kleinen Regungen in ihrem Gesicht, dem wechselvollen Spiel ihrer Augen, kann ich meinen Blick nicht von ihr lassen – sie ist eine wahrhaft schöne Frau. »Es gibt schöne Männer hier«, stellt sie fest, »besonders der eine dort bei den Surfern – ich meine den mit der schwarzen Badehose – er hat einen guten Kopf und einen herrlichen Körper. Ihn würde ich gerne modellieren. Ob er mir wohl Modell stehen würde?« – »Frag ihn doch einfach«, antworte ich. Und das mir bis dahin Undenkbare geschieht, Anna stellt ihr Glas beiseite, erhebt sich, klopft flüchtig den Sand aus ihrem Strandrock und geht in Richtung der Gruppe Surfer. Ich traue meinen Augen, meinen Ohren nicht; tatsächlich spricht sie den schönen jungen Mann in der schwarzen Badehose an. Ich sehe sie gestikulieren, höre beide lachen, sie geben sich die Hände, und Anna kommt zurück mit einem Lächeln im Gesicht. Staunend höre ich, wie sie sagt: »Er kommt. Gleich übermorgen. Er wird mich vorher kurz anrufen, damit ich ihm den Weg zu meinem Bungalow näher beschreiben kann.« Ich bin platt und denke, was für eine mutige Frau.

»Wann eigentlich fingst Du an zu modellieren, Anna?«, frage ich. Wie aus der Pistole geschossen antwortet sie: »Es war an meinem sechzigsten Geburtstag. Das Material dazu hatte ich schon lange im Keller, und ich wusste auch, wie man so etwas macht, Jahre zuvor hatte ich einen Töpferkurs besucht. Damals sagte meine Lehrerin, ich hätte eine Begabung fürs Modellieren. Als an meinem sechzigsten Geburtstag die Uhr zwölf Uhr Mittag schlug, sagte ich laut zu mir selbst: ›Geh in den Keller und fang endlich an!‹ Und ich tat's.«

»Hast Du schon viele Männer oder Frauen modelliert?«,
will ich weiter wissen. »Ein paar. Nicht so viele. Alles nur
Frauen. Männer noch nie, der Surfer wird der erste sein.«
Ich staune nur noch.

Langsam spazieren wir wieder zurück. Jede in Gedanken
versunken. Jede in ihrer eigenen Welt. Doch meine Gedanken auch ein bisschen in Annas Welt. Ich weiß, sie wird ihr
Ich finden. Bald. Heute ging sie über ihren eigenen Schatten.
Ich mag sie.

Laura hat mir einen Zettel an die Haustüre gehängt. Sie
meint, ich würde langsam zum ›Eremiten‹, besser gesagt zur
›Einsiedlerin‹, falls es so etwas überhaupt schon jemals gab
unter den Frauen. – Und ich überlege mir, wieso eigentlich
nicht, warum taten dies nur die Männer, sich in die Ein-
samkeit zurückziehen um nachdenken zu können, um eins
zu sein mit der Schöpfung, warum wurde dies nur ihnen
zugestanden und den Frauen nicht? Wieder so eine Tatsache,
zu der mir nur Fragen einfallen! Hätte es eine Frau gewagt,
wäre sie wahrscheinlich als verwirrt, schrullig, oder Ähn-
liches in dieser Richtung hingestellt worden. Warum? – Da
fällt mir ein, es gibt doch solche Frauen, die weit weg von
jeglicher Zivilisation hausen, tief im Waldesinnern, man findet sie in den Märchen; allerdings nennt man sie nicht ›Ein-
siedlerinnen‹, man nennt sie ›Hexen‹! – Nachzulesen bei
den Gebrüdern Grimm in Hänsel und Gretel. – Und sie fres-
sen kleine Kinder!

Laura lädt mich zu einem spanischen Folkloreabend ein.
Es sind Freunde von ihr, die ein Sommerfest geben für ihre
Freunde und für die Freunde von den Freunden. Sie leben,

so wie Laura, auch in einem alten Haus. Ich werde hingehen, freue mich sogar schon darauf – oder freue ich mich mehr auf die Paella? Gut, dass ich das schöne Sommerkleid dabei habe, nun werde ich es also doch anziehen. Ich dusche, wasche mir die Haare. Beim Abtrocknen fällt mein Blick in den Spiegel. »Vergiss die Paella und freu Dich auf Mineralwasser«, ist seine ehrliche Antwort auf meine Frage, wie ich aussehe. Dann ziehe ich das Leinenkleid an, den indianischen Schmuck und fühle mich wohl. Es geht mir immer gut, wenn ich indianische Dinge bei mir habe, an mir trage.

Vor Lauras Haus parke ich das Auto, hupe kurz, Laura kommt heraus. Schön sieht sie aus. Schön und wild. Die Lockenpracht gebändigt, zumindest den Versuch gemacht, sie zu bändigen, ihre immer noch schlanke Figur umflattert von einem Hauch von Kleid. Auf den ersten Blick denke ich, sie läuft barfuß, doch sie trägt durchsichtige Sandalen. Lauras dunkle Haare, ihr bronzefarbiger Teint, der Schnitt ihres Gesichtes, die klassische Nase, alles erinnert mich an eine griechische Statue. »Meine Güte«, ruft sie aus, »Du siehst aber gut aus, die Einsiedelei scheint Dir zu bekommen!« Wir nehmen Lauras Auto, es ist etwas geräumiger, wir wollen Anna abholen. »Kann sein, dass sie gar nicht mitkommt. Am Telefon sagte sie mir, dass sie keine Lust hätte und viel lieber bei ihrer Arbeit bleiben möchte. Sie modelliert zur Zeit sehr viel. Sie sagte noch, übermorgen käme ein junger Mann, den sie am Strand getroffen hätte und der ihr Modell stehen würde. Ich staune nur noch, wie couragiert sie auf einmal ist.« Und Laura lächelt, als sie mir das sagt.

Das Sommerfest ist schon in vollem Gange, als Laura und ich dort eintreffen. Anna ging nicht mit, sie ist wohl glücklicher, wenn sie an ihrer Arbeit bleiben darf.

Laura stellt mich unseren Gastgebern vor, wir nehmen ein Glas Sangria, dann zeigt sie mir das alte Steinhaus, das liebevoll in jahrelanger Arbeit und meist von Hand renoviert wurde. Jedes Detail, auch das kleinste, passt. Als wir wieder in den Garten gehen, sind nochmals neue Gäste eingetroffen. »Wer ist diese Frau dort, die so laut lacht und spricht und versucht, sich in Szene zu setzen?«, frage ich Laura. »Meinst Du die, die einem aufgedonnerten Pfau ähnelt? Das ist ›Bella Beautyshop‹, die wandelnde Intrige, die Frau mit zwei Gesichtern. Deine indianischen Freunde würden ihr den Namen geben: ›Sie spricht mit gespaltener Zunge‹. Besser, Du kennst sie nicht und lernst sie auch nie kennen.« Lauras Gesicht verdunkelt sich, und ihr Mund bekommt einen harten Zug. »Was hat sie Dir getan?«, möchte ich wissen. Laura gibt mir lange keine Antwort. Dann sagt sie ganz ruhig: »Sie existiert für mich nicht mehr.«

Lange noch klingen Lauras Worte in mir nach, ich habe sie gut verstanden. Auch ich vertraute jemand mit gespaltener Zunge.

Die Paella duftet verführerisch. Ich vergesse meine guten Vorsätze, nichts zu essen, und nur Mineralwasser zu trinken – sowieso hat sich das Wasser mittlerweile schon in zwei Gläser Sangria verwandelt – und genieße einfach nur. Genieße das Essen, die schöne Umgebung, genieße die interessanten Gespräche, die Menschen.

Laura kommt mit zwei Gläsern Cava und in Begleitung eines anders als die übrigen Männer aussehenden Mannes zurück an den Tisch. Weißes Hemd, Kragen offen, Ärmel hochgekrempelt, Jeans und Gürtel. Meine Augen bleiben an der Gürtelschnalle hängen. Silber mit Türkisen und Korallen – alte indianische Arbeit. »Darf ich Dir Robert vorstellen?« Mein Blick wandert nach oben, ich sehe braun getönte Haut, halblange dunkle Haare und eine indianische Nase. Ich denke, dass ich spinne, weil ich nun schon Indianer auf Fuerteventura sehe. Es ist hier zwar wüstenähnliche Landschaft, aber doch nicht Arizona! »Robert ist Schriftsteller«, klärt mich Laura auf. »Er lebt teils hier auf der Insel und teils in New Mexico. Seine Mutter war Indianerin, eine Apache, der Vater ist Spanier.« Meine Augen werden immer größer, ich sage: »Hallo.« Ein seltsamer Anblick muss sich meinem Gegenüber bieten, wie ich da so sitze, blöd schaue und den Mund vor Überraschung nicht mehr zumachen kann. Als ich wieder klarer denke, frage ich Robert, wo in New Mexico er zu Hause ist. »Santa Fe. Dort steht noch das Haus, in dem ich geboren wurde.« – »Ich kenne Santa Fe«, sage ich ihm, »es ist schön dort. Die alten Häuser, die schmalen Gassen, die Plaza, der indianische Markt. Ein wunderbares altes Künstlerstädtchen, und sehr viele Galerien, leider besuchte ich nur ein paar wenige davon.« Robert freut sich, dass ich Santa Fe kenne. »Mein Vater hatte dort eine Galerie, er malt. Ich habe gehört, Sie malen auch? Laura erzählte mir, dass Sie im Strandhaus wohnen, sehr zurückgezogen, und dann sagte sie noch, Sie würden auch schreiben. Darf ich fragen, was Sie schreiben?« – »Erzählungen.« Seine Augen bleiben an meinem Halsschmuck hängen. »Laura erwähnte, Sie hätten Freunde in Arizona – Hopi-Indianer – nein, eigentlich sagte sie, Sie hätten tiefe Wurzeln in Arizona und Brüder und Schwestern im Hopi-Reservat.« – »Ja, das stimmt.« Wieder fällt sein Blick auf meinen Halsschmuck, und ich antworte ihm auf seine ungestellte Frage. »Ein Pueblo-Indianer aus Laguna hat ihn gemacht.« Laura mischt sich ein in unser Gespräch, meint, Robert und ich könnten doch ›Du‹ zueinander sagen. Sie füllt unsere Gläser und wir stoßen an: »Auf unser ›Du‹.« Und plötzlich sehne ich mich so sehr nach dem roten Wüstensand, nach den Canyons, den Mesas, den Trommeln, den Gesängen. Robert scheint mich beobachtet zu haben, scheint zu wissen, was in mir vorgeht, er sagt: »Die Trommeln sind unsere Herzschläge, die Canyons sind unsere Körper, der rote Sand ist unser Blut, und tief unten in den Canyons leben unsere Seelen, meine Schwester.«

Das Sommerfest geht seinem Höhepunkt zu. Eine Folkloregruppe aus Musikanten, Sängerinnen und Sängern, Tanzpaaren tritt auf. – Ich denke, wie so sehr verschieden doch die Welten sind, in denen ich leben kann.

Es ist spät geworden, und Laura fährt mich bis zum Strandhaus. »Morgen Vormittag bringe ich Dir Dein Auto vorbei«, sagt sie. »Schlaf gut! Und geh ins Bett! Sitz nicht wieder bis zum Sonnenaufgang auf der Veranda!« Voll Wärme ist ihre Umarmung zum Abschied.

Wie dunkler Samt liegt die Weite des Meeres vor mir. Meer und Himmel sind eins. Die Schöpfung ist unendlich, grenzenlos, und hört nie auf.

Einmal sagte ich zu Namingha, meinem indianischen Bruder: »Ich liebe die Wüste so sehr, ich möchte bleiben und nicht mehr gehen müssen. Ich möchte bei meinen roten Brüdern leben.« Er antwortete: »Du bist ein Kind vieler Wüsten, nicht nur einer, doch Du bist auch ein Kind der Meere. Du gehörst in die Wüste und ans Meer. Die Wüste allein würde Dich töten, Du würdest vertrocknen. Das Meer allein würde Dich töten, Du würdest ertrinken. Nimm einen Schluck Wasser aus den Meeren, eine Hand voll Sand aus den Wüsten, dann wirst Du leben mit allen Sinnen. Ich bin

Dein roter Bruder, und ich liebe Dich sehr, doch ich weiß, Du brauchst auch Deine anderen Brüder, um leben zu können. Du brauchst die weißen und die roten, die schwarzen und die gelben, Du brauchst alle Menschen, denn Du bist Teil von allen. Du bist wie der Regenbogen, Du trägst alle Farben in Dir.«

Unruhig erwache ich schon früh am Morgen. Noch sehr müde möchte ich am liebsten weiterschlafen, doch diese Unruhe, tief in mir, lässt es nicht zu. Ich forsche nach der Ursache, kann aber keine finden, so beschließe ich zu laufen, die Unruhe einfach wegzulaufen. Ein Glas kühle Milch, die Laufschuhe angezogen, runter zum Strand. Im schnellen Tempo laufe ich über den festen Sand am Übergang vom Wasser zum Land. Ab und zu erfassen auslaufende Wellen meine Füße, ergießen sich über meine Beine, die Fußknöchel. Das Wasser läuft mir in die Schuhe, der Sand. Nach zwanzig Minuten muss ich eine längere Pause einlegen, keuche nur noch und stelle fest, dass ich keine Kondition habe. Die Unruhe hat sich etwas gelegt, doch ich habe immer noch ein seltsames Gefühl. Es ist, als ob Unheil in der Luft hinge. Der Wind hat stark aufgefrischt, von Westen schiebt eine dunkle Wolkenbank auf die Insel zu. Die Wellen werden stärker, tragen weiße Schaumkronen. Gerne würde ich jetzt an der Westküste der Insel sein, dort ist das Meer wild, auch bei sanften Winden. Ich laufe zurück zum Haus, steige in mein Auto und fahre zur Westseite. Nach einer knappen halben Stunde stehe ich an der Steilküste und habe nur noch Staunen und Bewunderung für dieses grandiose Naturschauspiel. Haushohe Wellen donnern an die Klippen.

Turmhoch spritzt die Gischt empor. Die Natur ist so laut, dass ich mein eigenes lautes Rufen kaum hören kann. Der Sturm trägt es mit sich fort. »Ja!«, brüllt es aus mir heraus. »Ja, ich liebe Dich. Ich liebe Dich, Du Urgewalt!« Und mit einem Mal wird mein Herz ganz ruhig.

Am Abend hat sich der Sturm gelegt, die Regenwolken sind vorbeigezogen, ohne der Insel auch nur einen Tropfen zu schenken. Der Nachthimmel zeigt sich in seiner ganzen Schönheit, und am nächsten Morgen ist die Luft wie Kristall.

Nachtblauer Samt, auf dem Diamanten liegen.
Funkelnde Smaragde und Saphire im Meer.
Goldene Sandstrände aus Sternenstaub erglühen.
Schwarzer Fels – Erde gab ihr Herzblut dafür her.

Wind, der mit Dir spielt, Dich streichelt.
Seele, die hier barfuß gehen darf.
Wellen, die Dich rufen, Dich erfrischen.
Ruhe für Dein Herz. –
Für Dein Herz.

Und die Wüsten schwimmen im Meer.

Anna kommt überraschend auf einen Sprung bei mir vorbei. Der Surfer hatte ihr heute wieder Modell gestanden, und sie bat ihn, da sie kein Auto hat, ob er sie auf seinem Rückweg mitnehmen könne an den Strand. Ich freue mich sehr, sie zu sehen; irgendwie sieht sie verändert aus, selbstverständlicher, erfüllter. »Wie geht es Dir?«, möchte ich wissen. »Ich glaube, ich bin glücklich, falls man diesen schwebenden Zustand, in dem ich mich gerade befinde, als ›glücklich sein‹ bezeichnet. – Mir ist, als ob ich meines Vaters ›Zaubertrunk‹ getrunken hätte. – Und ein klein wenig habe ich Angst davor, dass ich von der Decke fallen könnte.« Anna erzählt von ihrer Arbeit, von der Freude daran, nur mit den eigenen Händen, mit ihrem Gefühl für Formen, Dinge erschaffen zu können. Sie erwähnt, wie sie die Stunde genießt, wenn Felix, so heißt der Surfer, ihr Modell steht. Während sie ihn modelliert, erzählt er ihr aus seinem Alltag, manchmal auch Geschehnisse aus seinem noch jungen Leben, er spricht von seinen Freunden und dass Surfen und Wellenreiten für ihn und seine Clique alles bedeutet. Annas Art zu erzählen hat mich schon immer fasziniert, auch die Sprache ihrer Augen dabei, doch diesmal ist es gleichsam eine Verwandlung Annas, während sie mit mir spricht. Plötzlich scheint sie mir wieder eine junge Frau zu sein, scheint ihr eigentliches Alter einfach hinter sich gelassen zu haben. Scheint mit diesen jungen Menschen, von denen ihr Felix erzählt, zu leben. Und ich denke, wenn Anna noch jung wäre, wäre sie mitten unter diesen jungen Leuten. Sie würde gut zu ihnen passen. »Weißt Du«, sagt sie, »ich habe mich in diese jungen Menschen, in jeden einzelnen von ihnen verliebt.« – »Ich weiß, Anna. – Du liebst alle Menschen, nicht nur diese jungen, dort unten am Strand, Du liebst sie alle. Du blickst in ihre

Augen und siehst ihr Herz.« Anna schweigt lange Zeit, dann setzt sie leise hinzu: »Manchmal allerdings fällt es mir sehr schwer, das Herz zu finden. Manchmal muss ich sehr tief graben.«

»Weißt Du, dass ich eigentlich von Beruf Fotografin bin?«, fragt sie mich. Ich schüttle den Kopf. »Mein Vater hätte es gerne gesehen, wenn ich in seine Fußstapfen getreten wäre. Er war Arzt. In den Sommerferien, als meine Schulzeit zu Ende war, bevor ich anfing zu studieren, machte ich einen Fotokurs. Dann kam alles anders. Das Fotografieren gefiel mir so sehr, ich wollte es zu meinem Beruf machen. Ich machte Fotos von den verschiedensten Menschen. Von Menschen in jedem Alter, aus jeder sozialen Schicht. Meinem Vater gestand ich meine Leidenschaft. Er verstand mich, und meine Fotos gefielen ihm. Er sagte mir: ›Tu, was Du tun musst. Du liebst Menschen, Gesichter, möchtest sie festhalten auf Papier. Ich liebe die Menschen auch, auch ich möchte sie festhalten, am Leben und gesund. Also halten wir sie fest, jeder von uns beiden auf seine Weise. Tu, was Du tun musst.‹ Nach diesem Gespräch mit meinem Vater war ich der glücklichste Mensch auf der Welt.« Annas Augen lächeln.

»Mit meinen Fotografien war ich im Laufe der Jahre recht erfolgreich geworden.« Anna erzählt weiter. »Ich machte sogar einen Aufsehen erregenden Bildband mit Schwarz-Weiß-Fotos: ›Menschen bei der Arbeit‹. Es waren Fotos von Menschen am Fließband, bei der Feldarbeit, beim Säuglingewickeln und -füttern. Man kann an den Gesichtern ablesen, wie glücklich oder auch unglücklich, wie zufrieden oder missmutig sie bei ihrer Tätigkeit waren. Mehrere Galerien veranstalteten Ausstellungen mit meinen Fotos. Es war gut, was ich machte.« Anna schweigt plötzlich. Ich möchte sie nicht bitten, weiter zu erzählen. Annas Gesichtsausdruck beunruhigt mich. Ich warte, mache Tee, trage Tassen und Teekanne auf die Veranda.

Anna beginnt: »Du traust Dich nicht, mich nach dem Grund meines plötzlichen Schweigens zu fragen? Es ist der Grund, weshalb ich meine Mitte verlor, mein Selbst, mich selbst. – Du weißt, ich war verheiratet. Mein Mann und ich führten eine sehr glückliche, harmonische Ehe. Vor vier Jahren wurde mein Mann sehr krank. Ich blieb zu Hause, pflegte ihn. Vor zwei Jahren, wie es schien, war er wieder auf dem Wege der Besserung. – Es war ein wunderschöner, warmer Frühlingstag, er ging in den Garten, wollte für mich ein paar Tulpen für die Vase schneiden, als er einen tödlichen Herzinfarkt erlitt. Ich sah ihn stolpern, stürzen. Ich rannte hinaus – er starb im Garten, in meinen Armen. – Mit ihm bin auch ich gegangen. Und nun suche ich nach mir selbst.«

Alles hatte Anna verloren – in wenigen Minuten alles verloren.

Verloren hatte auch ich vor Jahren: Mein Selbstvertrauen, meine Sicherheit und, was das Schlimmste war, meinen Glauben an das Gute in den Menschen. Viele bittere Enttäuschungen gab es. Ich fühlte mich elend, missbraucht, ausgenutzt, hintergangen. Lange Jahre brauchte ich, mich wiederzufinden, meine Mitte wiederzufinden, wieder ich zu sein. Ich, wie ich bin, wie ich war von Anbeginn. Ich fand mich wieder, fand meine tiefen Wurzeln – indianische Wurzeln. Fing wieder an zu malen – Aquarelle, und fing an zu schreiben, ließ los. Enttäuschungen gibt es immer wieder, auch heute noch, doch baute ich einen Schutzwall um mich, lasse es nicht mehr zu, mir meine Mitte, mein Ich zu nehmen. Und, seltsamerweise, bin ich nun überall zu Hause, kann ich überall leben, es muss nicht mehr nur Arizona sein – meine Heimat ist in mir selbst. Und Arizona ist meine Insel im Meer. Ich habe nach Hause gefunden.

Laura hat auch, jedoch schon lange, ihr Zuhause gefunden. Und ich glaube, nun fand sie auch die Liebe – Robert? Ist Robert die Ursache, dass sie weicher, fraulicher aussieht? »Hallo!«, ruft es hinterm Haus. »Ich bin's, Laura, bist Du da?« Sie tritt auf die Veranda, strahlt mich an. »Komm mit«, sagt sie, »ich brauche ein paar neue Kleider und die passenden Schuhe dazu. Ich dachte mir, Dir würde es auch mal wieder Spaß machen, bummeln zu gehen, Kleider anzuprobieren und anschließend schön essen zu gehen. Na, ist das was?« Fragend schaut sie mich an. Ich stehe da im überdimensionalen T-shirt, mit Wasserfarben an den Händen und natürlich auch auf dem Hemd, womöglich sogar noch im Gesicht. »Ja, schon«, antworte ich zögernd. »Aber eigentlich wollte ich das Bild fertig machen und es zum Einrahmen bringen. Halb fertig wie es war, habe ich es gestern verkauft an Luisa. Es gefiel ihr so gut, dass sie es unbedingt haben wollte, um es ihrem Mann zum Geburtstag zu schenken.« – »Wann hat er denn Geburtstag?«, will Laura wissen. »Nächste Woche, Donnerstag«, sage ich. »Dann hast Du ja noch genügend Zeit, es fertig zu machen. Aber morgen, nicht heute. Und jetzt los, pack Dein Malzeug weg, zieh

Dein schönes Kleid an und komm!« Laura hat gesprochen!
– Widerstand ist zwecklos.

Laura, die Frau, die immer laut sagte: »Man muss ja komplett bescheuert sein, sich einen Typen zuzulegen, um sich von ihm dann das Herrlichste, was es gibt, nehmen zu lassen: die eigene Freiheit!« Laura, so scheint es, ist verliebt! Interessant wird's werden – und aufregend, denke ich. Aufregend nicht für Laura, sondern für Anna und für mich. Denn Laura ist herzlich, und sie ist stur. Laura ist wild und unbezähmbar, zumindest schlugen bisher alle Versuche vonseiten der Männer fehl, sie zu zähmen.

Hübsch, wie sie so vor mir herläuft zum Auto, sich zu mir umdreht, mir zulächelt. Ihre Augen blitzen, der Schalk sitzt ihr im Nacken, als sie sagt: »Du darfst gespannt sein auf heute Abend, ich hab Dir einige Neuigkeiten mitzuteilen.«

Wir fahren zur Hauptstraße, Laura biegt nach rechts ab. »Wo fährst Du hin, Laura? Zu HERES geht es in die andere Richtung!« – »Ich kaufe nicht mehr bei HERES ein«, ist die knappe Antwort. »Warum nicht mehr? Du gingst doch immer so gerne dorthin, selbst wenn Du nichts kaufen wolltest, einfach nur ein paar Worte wechseln. Was ist passiert?« – »Ach, weißt Du«, sagt Laura, »es wäre besser, bei manchen so genannten Freundschaften, man bliebe nur oberflächlich, small talk, und man bliebe auf Abstand. Und, vor allen Dingen, man würde diese so genannten Freunde nicht zu sich nach Hause einladen und hätte ihnen somit keinen Einblick gewährt in das eigene Leben. Enttäuschend ist eben, wenn man dann plötzlich bei Menschen, die man eigentlich mag und von denen man annimmt, dass auch sie einen gern haben, feststellen muss, dass sie neidisch sind, missgünstig, aber schön ins Gesicht, nur um einen ausnutzen zu können. Dann möchte ich diese Personen nicht mehr kennen und will sie auch nicht mehr um mich haben. Sie gehören nicht mehr zu meinem Leben.«

Wir schweigen beide sehr nachdenklich – wie Recht doch Laura hat! Es sind zeitlebens Lehrzeiten, Lernzeiten, man lernt dazu und niemals aus.

Zeiten zu leben, Zeiten zu ruhen, Zeiten zu reisen. Und im Meer schwimmt die Wüste.

Kleider aus Leinen, dazu sportliche Schuhe. Dann eine Kreation aus mehr Luft als Stoff sowie die passenden Sandalen, in denen, wenn ich sie tragen müsste, ich mir sofort die Beine brechen würde, doch Laura schwebt sozusagen mit ihnen durch das Geschäft. Am Ende gehen wir zusammen essen.

»Die Neuigkeiten?« Laura lächelt. »Eigentlich muss ich sie Dir gar nicht mehr mitteilen, ich kann in Deinen Augen lesen, dass Du sie schon weißt, oder besser gesagt, dass Du sie ahnst. Ja, Robert und ich! Jahrelang schlichen wir beide gegenseitig umeinander herum. Keiner traute sich so recht. Jeder hatte Angst vor den Folgen. Und nun sitze ich hier und bin glücklich, sehe der Zukunft freudig-gelassen entgegen, denke, Freiheit ade, weiß, Robert denkt auch, dass für ihn nun andere Zeiten anbrechen werden, und trotzdem bekomme ich kein ungutes Gefühl, ergreift mich nicht Panik, will ich nicht auf und davon rennen, wie ich es sonst immer tat.« – »Er ist wie Du, Laura, unabhängig und frei, und doch aufs Höchste engagiert, wo es gilt, Ungerechtigkeiten, Intoleranz und vor allen Dingen Unterdrückungen jeglicher Art aus der Welt zu schaffen. Auch er sucht stets das Gute in den Menschen, den guten Kern, und findet ihn auch immer, selbst beim übelsten Zeitgenossen. Ihr beide passt gut zueinander. Sie wird dauerhaft sein, Eure Liebe, denke ich, allerdings solltest Du manchmal darauf verzichten, auf stur zu schalten, und wenn Du etwas seltener explodieren würdest, dann ...« Laura unterbricht mich empört: »Ich schalte nicht auf stur, und ab und zu ein Wutausbruch hat bisher auch nicht geschadet – oder nur sehr selten.« Ich entgegne: »Sehr selten geschadet ist aber trotzdem geschadet, Laura. Es gab schon einmal einen sehr netten Mann an Deiner Seite, es war in dem Jahr, als wir uns kennen lernten, plötzlich lief er auf und davon. Oder denke an vorletzten Sommer, an den Angriff fliegender Untertassen aus Deinen Küchenschränken – anschließend gingen wir neues Geschirr kaufen. Obwohl, wenn ich es mir überlege, war dies eigentlich kein richtiger Schaden, denn Dein damaliges Geschirr war sowieso erneuerungsbedürftig, und der Typ, dem es gegolten hat, verließ daraufhin die Insel auf Nimmerwiederkehr, was für alle Inselbewohner sowieso nur zum Besten war.« Wir bestellen eine kleine Flasche Rotwein, der Küchenchef berät uns bei der Auswahl unseres Menüs. »Übrigens«, sage ich so nebenbei, »vergangene Nacht hatte ich einen Liebhaber bei mir.« – »Du hattest was?« Lauras Stimme überschlägt sich fast. »Sag es noch einmal! Ich kann's nicht glauben.« Laura spricht so laut, alle Gäste im Restaurant blicken auf uns. »Ich hatte einen Liebhaber.« Ich mache eine kurze Pause, bevor ich weitererzähle. »Er versprach, als er ging, auch die nächsten beiden Nächte mit mir zu verbringen.« Laura sagt nichts mehr, forschend schaut sie mich an. »Er war so wunderbar, so schön, groß und kraftvoll«, fahre ich fort, da unterbricht mich Laura: »Welches Alter? Womöglich war es auch noch ein junger Kerl!« Sie holt tief Luft. »Er ist jung«, antworte ich, »und doch ist er so alt wie die Welt. Er kam in mein Schlafzimmer, fing an, mich zu streicheln, zu berühren. Zuerst an meinen Füßen, am großen Zeh, dann glitten seine Berührungen weiter bis zu meinen Schenkeln, zärtlich tastete er über meinen Bauch, meine Brüste, meinen Hals, mein Gesicht. Lange blieb er bei mir. Viel geschlafen habe ich nicht.« – »Kein Wunder siehst Du so müde und fertig aus«, entgegnet Laura. »Wer ist es«, will sie wissen, »kenne ich ihn?« – »Ja, Du kennst ihn. Sehr gut sogar. Auch Du hast ihn schon des Nachts, und manchmal am Tag, bewundert, ihm gesagt, wie wunderschön, wie herrlich er ist. – Sein Name ist Vollmond.« Laura schnaubt, und fängt an zu grinsen. »So ein Kerl«, sagt sie und schmunzelt weiter. Eine Weile schweigen wir, hängen unseren Gedanken nach, dann nickt Laura mit dem Kopf und sagt: »Robert geht auch sehr behutsam mit mir um. Seine Hände sind zärtlich, sind wissend. Robert ist wie der Vollmond, er steckt voller Geheimnisse. Ich glaube, ich liebe ihn mehr als mich.« Es ist das erste Mal, dass ich so etwas von Laura höre.

Der Vollmond brachte heftigsten Wind, Sturm mit sich. Die ganze Nacht tobt und pfeift es ums kleine Strandhaus. Ich liebe diese Urgewalten, öffne alle Fenster, lege mich aufs Bett und blicke hinaus aufs Meer. Mir ist, als hörte ich Gesang, der Wind trug ihn wohl her. Und dann höre ich auch die Trommeln. Ich schließe meine Augen und sehe den Tanz der Schmetterlinge. Sie tanzen dort oben auf der Mesa, in der Wüste, über dem Meer.

Vollmond auf Fuerte,
Sturmnacht auf dem Meer,
im Silberschein badet die Zeit.
In weit geöffneten Fenstern
flattern Gardinen,
winken den Träumen nach,
die westwärts ziehen.

Träume sind die Freiheit selbst,
sie reisen in alle Welt,
durch die Zeit, durch das Leben.
Gardinen flattern,
und winken den Träumen nach,
doch bleiben sie hängen auf der Stange,
um zu zerreißen, weil sie zu lange flatterten.

Zerrissene Gardinen bleiben zerrissen,
zumal wenn ein kleines Stück Stoff
mit den Träumen flog.
Zerrissene Gardinen
kann man nicht reparieren.

Tagesanbruch. Der Horizont im Osten gleicht einem Regenbogen, der ausgestreckt auf dem Meere ruht, seine Farben
sind nur blasser, doch vielleicht ist er zu müde, um strahlend
zu erscheinen. Aus der Sahara kommt die Sonne. Mit Kraft
zieht sie übers Meer, es ist nur ein kleiner Schritt, nun küsst
sie die Insel wach – auch sie liebt die Wüsten.

Nachmittag. Der Wind bläst immer noch sehr heftig. Ich trage meinen Malblock von der Veranda wieder zurück ins Haus, kann mich nicht auf meine Arbeit konzentrieren, da ich ständig damit beschäftigt bin, den Pinseln hinterherzurennen, die der Wind mit sich nimmt. Ich ziehe feste Schuhe an und laufe zum Meer. Meine Beine sind total geschwollen – Malen und Schreiben gehen nur im Sitzen oder Stehen, doch was auf der einen Seite gut für die Seele ist, schadet andererseits wiederum den Beinen. Alles im Leben hat zwei Seiten – warum eigentlich ›im Leben‹? Gibt es im Tod, oder besser gesagt nach dem Tod, denn nur eine Seite? Oder gibt es dann noch viel mehr Seiten? Wiedergeburt – immer wiederkehren zu müssen, um dann, wenn man die höchste aller Stufen, die Weisheit, am Ende der vielleicht unendlich vielen Leben erreicht hat, ins Paradies, oder wie man es auch immer nennen will, eingehen zu dürfen – Wiedergeburt hat schon viele Seiten. – Die Weisheit hat nur eine.

Mitsamt den Turnschuhen laufe ich ins Wasser. Die Wellen massieren meine Beine, das kühle Salzwasser nimmt die Schwellung weg. Ich stehe da, im langen Hemd, bewundere die schönen und schlanken, braun getönten jungen und älteren Menschen – nein, ich werde mein Hemd nicht ausziehen! Der nicht mehr vorhandenen Makellosigkeit werde ich Hemden übergestülpt lassen! Ein blöder Tag ist das heute, ich kann mich selbst nicht leiden und am liebsten würde ich heulen. – Ganz allmählich wird es diesig. Nach einer Stunde ähnelt die Sonne dem Vollmond, blass hängt sie im Westen, kann mit bloßem Auge, ohne Sonnenbrille, und ohne dass man tanzende dunkle Flecken im Gesichtsfeld bekommt, betrachtet werden. Eine dünne Wolkenschicht verschleiert die sonst so strahlende Schönheit.

Als ich zurückkomme vom Strand, sitzt die rote Katze wieder da, die mir vor Tagen zugelaufen ist. Sie jammert und miaut erbärmlich, ich denke, sie hat Hunger oder Durst, und stelle ihr Wasser hin, gebe etwas Katzenfutter in ihr Schüsselchen, doch sie rührt es nicht an. »Katze, Dir geht es wohl ähnlich wie mir«, sage ich, »wir beide mögen uns heute selbst nicht leiden. Wir mögen heute überhaupt nichts und niemand, aber am allerwenigsten uns selbst.« Ich lege mich ins Bett und schlafe auch sofort ein. Die Katze nützt meine Schwäche aus, legt sich vorsichtig am Fußende dazu, und keine von uns beiden getraut sich, sich umzudrehen, sich zu bewegen, aus Angst, die andere aus dem Schlaf zu reißen. Mitten in der Nacht erwache ich, die Katze liegt immer noch da, weigert sich, mein Bett zu verlassen, fährt ihre Krallen aus, macht einen Buckel – und ich siedle um auf die Veranda. Der Klügere, so heißt es, gibt nach; in diesem speziellen Falle jedoch gab ich zwar nach, doch hab ich das dumme Gefühl, dass die Katze die absolut Klügere von uns beiden ist!

Beim Einkauf im Supermarkt werde ich an Anna erinnert und daran, dass sie nie hungrig einkaufen geht, ›denn dann würde ich viel zu viel mitnehmen und müsste es aufessen, obwohl ich eigentlich gar keinen richtigen Hunger habe. Ich kann keine Lebensmittel verderben lassen, wenn ich weiß, dass anderswo auf der Welt Menschen Hungers sterben.‹ Seit einigen Tagen schon habe ich nichts mehr von Anna gehört. Ich kaufe schnell noch ein paar süße Stückchen aus

Blätterteig und fahre auf direktem Wege zu Anna, wir könnten mal wieder eine Tasse Tee zusammen trinken und plaudern.

Annas Haus steht an einem Hügel, ich parke mein Auto unten an der Straße und laufe nach oben, es sind nur ein paar Meter, dabei gerate ich völlig außer Puste, die Nachmittagshitze und die extrem schwüle Luft schaffen mich. Anna freut sich, dass ich sie besuchen komme und wir zusammen Tee trinken können. Sie zeigt mir, welche Fortschritte ihre Arbeit an ›Felix‹ macht; sie ist sehr talentiert, denke ich, und irgendwie werde ich das Gefühl nicht los, dass sie den Dingen, die sie macht, Leben einhaucht. – Da steht auf einem kleinen Tischchen eine Kinderbüste. Das Kind sieht so verträumt aus, glücklich, und lebendig. »Wer ist denn dieses zauberhafte Bübchen, Anna?«, frage ich. »Es ist doch ein Junge, oder etwa nicht?« Anna nickt bejahend und erklärt: »Es ist mein Bruder im Alter von ungefähr fünf Jahren, ich modellierte ihn nach einem alten Foto. Er lebt in Indien, ist mit einer Inderin verheiratet, sie haben zwei Söhne und zwei Töchter, vier Schwiegerkinder, fünf Enkelkinder, und sie wohnen alle zusammen in einem riesigen Haus in Kalkutta. Er ist Arzt geworden wie unser Vater, und eine Zeit lang war er auch in dessen Praxis tätig, doch war es nicht die Erfüllung für ihn und er ging nach Indien. Zuerst wollte er nur ein paar Jahre dort bleiben, um dann wieder nach Deutschland zurückzukehren, doch er ist Arzt mit Leib und Seele, wie es auch unser Vater war, und er sah, dass es Not tat, in Indien, in Kalkutta, zu bleiben. Er liebt seine Frau sehr, und sie verdankt ihm ihr Leben. Als er sie kennen lernte, war sie schwer erkrankt. Er arbeitete damals, so wie er es tagtäglich auch noch heute tut, im Armenviertel, bei den allerärmsten Menschen, für diese bedeutet er ein Stück Hoffnung. – Er, so denke ich, lebt ein wahres Leben, und ein glückliches, denn auch seine ganze Familie hat sich dem Dienst an den Ärmsten verschrieben.« Was mir Anna über ihre Familie erzählt, interessiert mich sehr und ich möchte gerne noch mehr erfahren. »Warst Du schon mal auf Besuch in Kalkutta?« – »Ja, mehrmals. Das erste Mal reiste ich hin, als bei meinem Bruder und seiner Frau das erste Kind zur Welt gekommen war. Damals hatten sie eine sehr kleine Wohnung. Es war so wunderschön mit ihnen zu sein, denn die Liebe wohnte dort, was sie übrigens immer noch tut. Ich glaube, bei den beiden ist es immer noch wie in den ersten Tagen ihrer Liebe, sie achten und würdigen einander, und sie schenken sich jeden Tag einander neu. Früher, als ich und sie noch jung waren, hab ich mir manchmal vorgestellt, wie schön sie wohl Liebe machen, wie zärtlich sie sich berühren, oder wie heiß und leidenschaftlich. Meine Schwägerin ist eine schöne Frau, auch heute noch, sie ist ein wenig rundlicher geworden mit den Jahren, doch ihre Anziehungskraft hat sie nicht verloren, ganz im Gegenteil, schon die Art, wie sie sich bewegt, wie ihr Gesicht lebt, fesselt die Menschen.« – »Du hast gesagt, als Dein Bruder sie kennen lernte, war sie sehr krank?« – »Ja, sie lag im Sterben, als man meinen Bruder an ihr Krankenbett rief. Sie hatte eine schwere Wundinfektion, hohes Fieber und war schon bewusstlos, als er bei ihr eintraf. Er nahm sie mit in seine kleine Krankenstation am Rande des Elendsviertels, der Monsun hatte eingesetzt, tagelang regnete es heftig, und der Boden, auf dem die Hütten standen, war überschwemmt, die Abwassergräben liefen über, und der ganze Schmutz und Fäkalien drangen in die Hütten ein. – Übrigens, weißt Du, wie dieses Elendsviertel in Kalkutta genannt wird? Man nennt es: ›Die Stadt der Freude‹. Frag mich nicht, weshalb es diesen Namen bekommen hat. Vielleicht deshalb, weil täglich so viele Menschen dort sterben und der Tod eine Erlösung ist und Freude bedeutet. – Sie hat überlebt, es war ein wochenlanger Kampf, mein Bruder rang um sie viele Tage und Nächte. In dieser Zeit, in der er kaum schlief, in der er die Nachtwachen hielt an ihrem Krankenlager, begann er zu zweifeln, wollte nicht mehr glauben an jene Kraft, die bisher ihn lenkte, ihn hielt und trug. Wenn es wirklich einen Gott gibt, eine Allmacht, warum dann dieses Elend? Wenn Gott wahrhaftig seine Kinder liebt, warum bestraft er dann die, die ohne Schuld sind? Warum nimmt er diesen beinahe alles, und gibt dafür jenen anderen? Er zweifelte an den Lehren der Kirchen, zweifelte an allen Religionen, verzweifelte fast. Und was ist dies für ein Glaube, hier in diesem Indien, der Elend ohne jegliches Mitleid sehen kann, der keine helfende Hand ausstreckt, und der aussagt, dass jene, denen es schlecht geht, dies selbst verschuldeten, in früheren Leben, und sie keiner Hilfe wert sind? Es war ein Kampf zwischen ihm und Gott, ein Kampf um das Leben dieser jungen Inderin. Einmal rief er ganz laut in der Nacht: ›Du, Gott, wenn es Dich gibt und Du der Schöpfer alles Lebens bist, wenn Du mich hören kannst, dann lass uns einen Handel machen. Ich bitte Dich um das Leben dieser jungen Frau. Nimm mein Leben, mache damit, was immer Du auch willst, doch lasse ihr das ihre!‹ Mein Bruder schrieb uns damals einen langen Brief nach Deutschland, der meinen Vater bewog, nach Kalkutta zu reisen, Hals über Kopf.« Anna gießt uns nochmals Tee nach. Wir sind beide in Gedanken in Kalkutta. »Ja, also mein Vater reiste damals auf schnellstem Wege zu meinem Bruder. Sie führten wohl sehr lange, tief gehende Gespräche, und mein Vater half mit bei der Versorgung der Kranken. Die junge Inderin schloss meinen Vater sehr ins Herz, der viele Abende an ihrem Bett sitzend verbrachte, nachdem es ihr ganz langsam wieder besser ging. Als es Zeit war für meinen Vater, die Heimreise anzutreten, sagte ihm mein Bruder, dass er für immer in Indien bleiben werde. ›Ich möchte diesen Menschen hier meine ganze Liebe geben, möchte ihnen ihre Würde zurückgeben, will die Liebe leben, wo immer ich auch sein werde.‹ – ›Du wirst die junge Frau heiraten, nicht wahr?‹ Mein Vater forschte in meines Bruders Gesicht nach dessen Antwort – und fand darin das ›Ja‹.« Anna endet, schaut mich an. – »Ohne solche Menschen fänden wir die Liebe nicht«, sage ich und Anna lächelt.

Obwohl es schon spät am Abend ist, als ich mich von Anna verabschiede, fahre ich nicht gleich nach Hause, es zieht mich hinüber zur Westküste der Insel. In der Zwischenzeit ist wieder stärkerer Wind aufgekommen, die Temperatur ist binnen weniger Stunden um 10°C gesunken, nun ist die Luft, wie ich sie liebe, frisch und leicht und trotzdem warm. Es riecht ein wenig nach Meer, ein wenig nach Wüste, so wie damals, als ich das erste Mal auf diese Insel kam. Es ist der Geruch der Freiheit. Der Wind bläst aus Nordost, ich stehe auf dem Felsen bei La Pared, der wie ein Flugzeugträger aussieht und ein Stück ins Meer hineinragt. Ich spreize meine Arme weit aus und habe das Gefühl ein Vogel zu sein, fliege mit dem Wind nach Südwesten, nach Arizona, kreise wie ein Adler über die Canyons, über die Mesas, fliege weiter, westwärts, übers Meer, fliege nach Indien, nach Kalkutta, ziehe meine Kreise über dem großen Haus, in dem die Liebe wohnt. – Die Wirklichkeit holt mich wieder zurück, klatschnass stehe ich auf dem Felsen bei La Pared, eine mächtige Welle prallte an ihm ab, die Gischt bäumte sich turmhoch auf, um sich dann über mich und den Felsen zu ergießen. Plötzlich ist mir furchtbar kalt; die nassen Kleider, nassen Schuhe, nassen Haare, mein ganzer nasser Körper ausgesetzt dem aufs Neue heftig auflebenden Nachtwind, der mich förmlich durchschüttelt, lassen mich nur noch an eine heiße Dusche denken – und an das große Kuschelbett.

Jeder Sonnenaufgang, egal wo ich ihn betrachtete auf diesem Planeten, war einmalig schön, war besonders, und war mit keinem, der vorausgegangen, zu vergleichen. Die Großartigkeit dieses Schauspiels jedoch, das gerade stattfindet, übertrifft alles bisher da Gewesene.

Sonnenaufgang

In der Wüste, die im Meer schwimmt, geht die Sonne auf,
Engel breiten ihre rotgoldenen Locken aus,
wir Menschen sehen sie als tausend kleine Wölkchen.

In den Händen hält Aurora Aquamarin und Diamant,
zaubert daraus das blaue Himmelsband,
und die glitzernde Sichel des Mondes.

Der Mond küsst die Löckchen,
die Sonne will's sehen,
kommt aus dem Verstecke,
der Tag erwacht zum Leben.

Ebbe. Ungehindert, ohne über Klippen steigen zu müssen, nur noch hier und dort gilt es ein paar große Steine zu überwinden, laufe ich über den nicht enden wollenden Sandstrand von Jandia. Die Weltmeisterschaften im Surfen finden diese Woche hier statt und daher ist in der Surferecke viel los – Zuschauer auf Tribünen, das spanische Fernsehen, ein Kommentator, der über Lautsprecher sein fachmännisches Wissen an Leute wie mich weitergibt, die weder die spanische Sprache beherrschen, in der er spricht, noch von diesem Sport überhaupt etwas verstehen. Doch dafür wird zwischendurch immer wieder Musik der legendären Shadows aus den 1970er Jahren, die ich sehr gerne höre, gespielt. Eine Weile bleibe ich stehen und schaue zu. Es ist schon erstaunlich, mit welcher Geschwindigkeit diese Surfer übers Wasser flitzen, dabei ab und zu abheben, in der Luft Schrauben drehen und wieder samt Board, Segel und sich selbst auf dem Board auf dem Wasser aufkommen. In wieviel hundert verschiedenen Welten leben wir hier auf dieser einen einzigen Erde? Ich denke an Annas Schilderungen aus Indien. Während hier ein muskulöser junger Mann, höchst eiweißreich ernährt, aus Freude am Spaß auf einem Brett mit Segel über die Wellen rast, verhungert in einem anderen Teil unseres Planeten ein Mensch. Während dieser vielleicht zwanzigjährige, fünfundzwanzigjährige junge Surfer hier in Frieden und Freiheit sein Leben genießen darf, gibt es anderswo Menschen, ebenso alt, die Zeit ihres Lebens noch nie erfuhren, was Freiheit ist, die den Frieden nicht kennen, deren Alltag der Krieg ist. Dankbar bin ich der Schöpfung für das Geschenk der Freiheit, des Friedens und des Sattwerdens; ein Geschenk, das sie mir jeden Tag wieder aufs Neue schenkt.

Laura läuft mir über den Weg, als ich mit meinen gefüllten Einkaufskörben zum Auto gehe. »Wie es Dir geht, brauche ich gar nicht erst zu fragen«, sagt sie, »Du siehst prima aus.« »Du aber auch. Man sieht Dir an, dass Du glücklich bist.« Laura ist sehr schön geworden, irgendwie sieht sie edel aus, und ist viel ruhiger, als sie es bislang war. Robert tut ihr gut, so scheint es. Wenn ich an letzten Sommer zurückdenke – damals sah Laura aus wie eine Wildkatze. Sie hatte eine heftige Liebschaft mit einem um beinahe zwanzig Jahre jüngeren Mann. Es war wohl die leidenschaftlichste Affäre, die Laura jemals in ihrem Leben hatte, und es dauerte vier

Monate, bis die beiden genug voneinander hatten, oder besser gesagt, bis sie voneinander abließen. Laura roch förmlich nach Sex, und sie kleidete sich wie die Verführung selbst. Ihre Röcke waren kurz, endeten eine Handbreit unterm Po, und wenn sie lang waren, dann waren sie geschlitzt bis oben hin. Sie trug tief ausgeschnittene Shirts oder Blusen, die sie nicht zuknöpfte, die Höhe der Absätze ihrer Schuhe war Schwindel erregend. Einmal kam sie zu mir ins Strandhaus, hatte überall an den Armen und Beinen blaue Flecken. Als ich sie nach der Ursache fragte, sagte sie mir: »Weißt Du, er nimmt mich manchmal so wahnsinnig leidenschaftlich und wild in Besitz, packt meine Arme, reißt meine Beine auseinander; manchmal dachte ich schon, er bringt mich um.« Die Affäre nahm dann ein sehr plötzliches Ende, als dieser Mann eines Morgens aufwachte und ernüchtert feststellte, dass die Frau, die neben ihm lag, seine Mutter sein könnte.

Laura begleitet mich zum Auto. »Möchtest Du heute Abend zum Essen kommen? Robert würde sich bestimmt sehr freuen, Dich wieder mal zu sehen. Du könntest ihm mehr von Deinen indianischen Wurzeln erzählen und hättest jemand, der Dich versteht und auch weiß, wovon Du sprichst.« Ich überlege kurz, will dann zusagen, als Laura sagt: »Carlos wird auch da sein. Er und Robert wollen zusammen kochen, es soll Meeresfrüchte geben.« Carlos. – Ich weiß, er verehrt mich sehr; wir kennen uns schon seit Jahren, seit dem Tag, als ich zum ersten Mal nach Fuerte kam. Er besitzt ein kleines Restaurant, nicht weit weg vom Strandhaus. Ab und zu schaut er kurz bei mir herein, will sehen, was ich so mache, bringt eine Kleinigkeit zum Essen für mich mit, liebt es, mich beim Malen zu beobachten, liebt meine Aquarelle, und, ich fürchte, er liebt auch mich. »Sag jetzt nur nicht, dass Du nicht zum Nachtessen kommen willst. Ich kann es in Deinem Gesicht sehen, was Du gerade denkst.« Laura ist verärgert, laut tut sie ihren Unmut kund. Ich sage zu, doch alle Alarmglocken in meinem Kopf fangen an zu läuten. Ich bekomme furchtbare Angst, denke, nicht noch einmal, denke, nie mehr wieder! Es ist nicht Carlos, der mir Angst macht, nein, die Liebe ist es, die Verliebtheit, die den Verstand zum Stillstand bringt. ›Vorübergehende Störung des hormonellen Gleichgewichts‹ nennen es die Ärzte mitunter. Vorübergehend! Und dann wieder diese Schmerzen erleiden müssen, diese Trauer am Ende der Liebe? Dieses Chaos, diese Dunkelheit? Nein! Nie mehr! Dazu habe ich keine Kraft mehr, und ich will es auch nicht mehr. Ich will mich nicht mehr verlieben, will nicht mehr meine Unabhängigkeit, meine körperliche sowie auch meine geistige und seelische Freiheit aufgeben für den Preis einer Liebe, die irgendwann ihr Ende findet und mit ihr vielleicht ich. Ich habe schon längst meine große Liebe gefunden, und sie ist für die Ewigkeit, nicht nur für jetzt oder später, nein, diese Liebe ist für immer in mir, und sie wird mich nie verlassen, bis zum letzten Tage nicht. Es ist Arizona, die Wüste, es sind die Canyons, die Mesas, und es ist mein Hopi-Indianer-Volk.

Als ich zurück im Strandhaus bin, ziehe ich meine Schuhe aus und renne hinunter zum Meer, blicke nach Westen zum Horizont. – Und ich sehe Arizona. Und die Wüste schwimmt im Meer. – Mein Herz schlägt ganz ruhig, nun habe ich keine Angst mehr vor dem, was ich fühle, vor dem, was kommen wird.

Es ist bereits Spätnachmittag, als ich erwache. Eigentlich wollte ich nur kurz die Beine hochlegen, muss dabei aber tief eingeschlafen sein. Völlig gefangen noch im Traum, empfinde ich meinen Herzschlag, als ob es die Trommeln wären der Hopis, mit denen ich im Traume tanzte auf der Plaza in der Arena in Gallup, New Mexico, während der Intertribal Indian Ceremonials. Ich tanzte dort, eingereiht unter die Hopi-Frauen. Wir tanzten den Corn Dance. Ich war eine der Ihren. – Da fällt mir ein, dass ja gerade jetzt, in diesen Tagen, dieses große Fest dort stattfindet. Und ich bin wieder dabei, wenn auch nur im Traume.

Das kühle Wasser unter der Dusche bringt mich wieder in die Realität. Danach ziehe ich mein orangefarbiges Leinenkleid an, bemale mir die Lippen in der gleichen Farbe, nehme türkisfarbigen Lidstift, den indianischen Schmuck mit den großen Türkisen, setze mich ins Auto und fahre los. Je näher ich Lauras Haus komme, desto mehr freue ich mich auf den Abend – und auf Carlos.

Die alten Palmen auf Lauras Grundstück sind schon zu sehen. Ich bekomme Herzklopfen, mein Puls rast, Panik. Laura hat die Haustüre weit offen gelassen, hat überall Windlichter aufgestellt, im Garten, vor dem Haus, im Haus, und das sanfte Licht der Kerzen verbreitet eine zauberhafte Stimmung in der Abenddämmerung, doch bei mir läuten alle Alarmglocken Sturm. ›Eine Falle! Dies ist eine Falle! Geh wieder nach Hause, schnell!‹, brüllt mein Verstand, doch irgendetwas schiebt mich vorwärts, zwingt mich ins Haus hineinzugehen. »Hallo, ich bin's!«, rufe ich etwas unsicher. Laura freut sich sehr, dass ich gekommen bin, sie hatte also doch ihre Zweifel. Robert nimmt mich in die Arme. »Schön, Dich wieder zu sehen.« Die beiden verschwinden in die

Küche, den Aperitif zu holen, und lassen mich mit Carlos alleine. Um unser Schicksal wissend, schaut mich Carlos an, als ich ihm zur Begrüßung die Hand gebe. Er weiß, so wie ich auch, dass die Zeit gekommen ist und dass es für mich nun kein Entrinnen mehr gibt. »Ich möchte Dir eine Geschichte erzählen«, sagt er leise. »Es ist die Geschichte von dem alten Mann und dem Regenbogen.« Eine Weile schaut er mich nur an, sagt nichts, schweigt. Dann beginnt er zu erzählen: »Es war einmal ein Mann, nicht mehr ganz jung, der liebte den Regenbogen so sehr, dass er beschloss, ihn für sich einzufangen, um ihn nie wieder loszulassen, ihn ganz für sich alleine zu besitzen. Er lief und lief, jahrelang lief er auf dem weiten Weg hin zum Regenbogen, doch je mehr er dachte, dass er sich dem Regenbogen nähern würde, desto weiter entfernte sich dieser. Der Mann wurde älter und müder, und eines Tages hatte er keine Kraft mehr weiterzu-laufen; nach all den vielen Jahren verzagte er, und er begrub seinen Traum unter einem alten Olivenbaum. Dann setzte er sich in dessen Schatten und trauerte. Irgendwann schlief er ein. Er schlief und schlief. Viele lange Tage und viele lange Nächte saß er so da und schlief. Er erwachte, weil es mit einem Mal so hell um ihn herum geworden und Licht in seine dunklen Träume eingedrungen war. Und da sah er den Regenbogen. Es war der Regenbogen, der nun zu ihm ge-kommen war und ihn einhüllte in sein Licht, in alle seine Farben. – Und der alte Mann lief mit dem Regenbogen hin zur Ewigkeit.« Ich versuche, meine Tränen zurückzuhalten. Vergeblich. Wie sehr muss mich Carlos lieben. Doch auch wie sehr muss ich ihn lieben, dass ich nun zu ihm gekom-men bin, heute, unter den alten Olivenbaum.

Robert bringt den Aperitif. In hohen, bauchigen Gläsern

schwimmen Eiswürfel und Orangenscheiben in einer rosé-
farbigen Flüssigkeit. »Champagnersangria, eine Idee von
Carlos«, sagt Laura. Es schmeckt genauso himmlisch, wie
es aussieht, und ganz allmählich werde ich lockerer. Carlos
und Robert gehen in die Küche, und Laura und ich setzen
uns an den schweren, alten spanischen Holztisch, den Laura
vor zwei Jahren aus Madrid mitbrachte und mit dem sie sich
dann wochenlang beschäftigte, bis er seine ursprüngliche
Schönheit wiedererlangt hatte. Aus der Küche duftet es verführerisch, als die beiden Männer, jeder zwei Teller tragend,
wieder zurück ins Esszimmer kommen. »Avocados mit in
Olivenöl und Knoblauch angebratenen Gambas«, sagt
Robert, der sich dann gleich mir zur Seite setzt. Carlos sitzt
mir gegenüber neben Laura, bietet mir frisch gebackenes,
noch warmes Brot an, schaut mir dabei in die Augen. Er
verunsichert mich vollkommen, und ich ärgere mich deshalb über mich selbst und denke, dass ich doch schon
Männer vor ihm hatte und er nicht der erste in meinem
Leben ist und dass ich außerdem eine Frau Mitte fünfzig bin
und kein Teenager mehr. Laura wünscht uns guten Appetit,
und ich fange an, mit den Gambas zu kämpfen. Ich spüre
förmlich Carlos' Augen auf mir, meine Hände zittern und es
ist mir fast unmöglich, die Gambas aus ihren Schalen zu
brechen. Noch nie zuvor in meinem Leben stellte ich mich
dermaßen blöd an beim Essen von diesen Schalentieren.
Robert kommt mir zu Hilfe. »Die Gambas sind sehr frisch,
deshalb lassen sie sich nicht so einfach schälen.« Unkompli-
ziert wie die meisten Amerikaner sind, bietet er mir seine
Hilfe an und nimmt meinen Teller zu sich, fragt, ob ich dafür
den seinen haben möchte, mit dem bereits freigelegten
Fleisch. Dankbar nehme ich seine Hilfe an. Carlos grinst.

Dieser Mann legt es doch tatsächlich darauf an, mich unruhig zu machen, damit ich die Kontrolle über mich verliere, denke ich. Er will mich pur, ohne Maskerade, ohne Konventionen, ohne Regeln – zu lange musste er schon auf mich warten, nun hat er keine Geduld mehr. Und er will mich ganz. Er will nicht nur mein Herz und meinen Körper, nein, er will auch meine Seele, denn mein Herz und mein Körper alleine genügen ihm nicht. – Doch meine Seele gehört Arizona, ist dort, das habe ich Carlos schon lange einmal gesagt. Damals erzählte ich ihm von der Schönheit dieses Landes, von der Stille in der Wüste, von den Canyons, den Mesas. Ich erzählte ihm von meinen indianischen Wurzeln, von meiner tiefen Liebe zu diesen Menschen. Meine Seele wird ihr Zuhause nie verlassen, sie wird immer bei ihren Wurzeln bleiben.

Der Hauptgang des Menüs, gegrillte Seezunge mit kanarischen Kartoffeln, schmeckt wunderbar, und weil dies ein Fisch ist, der sowieso kaum Probleme beim Essen verursacht, kann ich nun wirklich genießen, zumal Robert sich mit mir unterhält und wir über New Mexico und die verschiedenen Pueblos entlang des Rio Grande sprechen. Carlos fragt mich, ob ich noch ein paar ganz heiße Kartoffeln möchte, die er eben aus der Küche brachte, und selbst gemachte Mojo dazu – eine helle grüne Sauce mit Kräutern und Knoblauch, oder eine rote aus Tomaten mit Chili und Mandeln. Ich habe den Verdacht, dass er ein klein wenig eifersüchtig auf Robert ist, weil Robert und ich so viel Gemeinsames haben, Dinge, die Carlos nicht kennt.

»Nur für Dich – Cortado!« Mit diesen Worten serviert mir Carlos einen ganz besonderen Espresso, der in kleine Gläser gefüllt wird, in die man zuerst dicke Kondensmilch, die mit viel Zucker verrührt wurde, gibt und dann das Ganze mit sehr starkem, kochend heißem Espresso vorsichtig auffüllt, damit sich nichts vermischt. Für mich ist es das Beste, was es auf der Welt an Kaffeezubereitungen gibt. Dann bringt Laura noch Flan caramelo, diesen Karamellpudding, für den ich meilenweit gehen würde, mit extra viel dunkler Karamellsauce.

Spät ist es geworden, als ich wieder zurück ins kleine Haus komme. Wie so oft, oder eigentlich wie immer, laufe ich noch an den Strand, zum Meer, um das Kommen und Gehen der Wellen mit meinen Füßen zu spüren. Dann blicke ich lange nach Westen; und mein Herz und mein Körper sind eins mit meinen Wurzeln, mit meiner Seele dort in Arizona.

»Du solltest Dich wirklich morgen mit Carlos treffen, wenn er Dich schon so sehr darum bittet.« So verabschiedete sich Laura, nachdem sie mich zu meinem Auto gebracht hatte. Sie hat ja Recht, denke ich, als ich in mein Bett schlüpfe; also werde ich morgen früh Carlos anrufen, ihm sagen, dass ich seine Einladung für den Nachmittag nach Ajuy, dem kleinen Fischerdorf mit den großen Höhlen, annehme.

Herzklopfen habe ich, als Carlos sich am anderen Ende der Leitung meldet. »Du kommst also mit – gehst mit mir in die Höhlen?«, sagt er mit leicht rauer Stimme. »Ich hole Dich ab, um drei Uhr.« Sein Herz klopft genauso wie das meine, ich kann es durchs Telefon spüren. »Kannst Du Deine Turnschuhe anziehen und Deine Schlamperkleider? Ich will Dir alles zeigen, doch dazu müssen wir auch etwas in den Höhlen umhersteigen.« Als ich den Hörer auflege, bin ich klatschnass geschwitzt und mein Herz rast. Zum ersten Mal, seit ich auf Fuerte bin, bin ich froh, ein Telefon zu haben, und doppelt froh, dass es auch wieder funktioniert.

Der Nachmittag kommt schneller, als ich denken kann. Die Uhr zeigt mir, dass ich nur noch zwanzig Minuten habe, um mich umzuziehen und zu beruhigen – um wenigstens ruhig und gelassen zu erscheinen, wenngleich ich es absolut nicht bin. Meine Hände zittern und ich habe Mühe die Bluse zuzuknöpfen. Ich binde noch ein zusammengerolltes Tuch als Band ins Haar für den Fall, dass es sehr windig wird und mir dann die Haare ins Gesicht flattern würden, was mich stets nervös macht – es gibt schon genug Dinge heute, die mich angespannt machen.

Eine Autotüre schlägt und ich höre Carlos meinen Namen rufen. Wieder stelle ich fest, dass niemand so schön meinen Namen ausspricht wie er. Jedesmal aufs Neue hört es sich wie eine heimliche Liebeserklärung an. Ich stürze zur Verandatüre – und da steht er, Carlos, und ist genauso verlegen, aufgeregt, angespannt wie ich. Steht da, sieht mich an und sagt mit gepresster Stimme:»Komm, lass uns einfach versuchen in der Flut zu schwimmen.«

Schönheit

In Schönheit gehen wir,
tauchen ein in das Meer,
schwimmen in türkisenen Wellen.

In Schönheit gehen wir,
tauchen ein in die Abendsonne,
leben im goldenen Lichte.

In Schönheit gehen wir,
tauchen ein in die Liebe,
ruhen in ihrem Schoße.

Schweigsam fahren wir über die Insel, ohne laute Worte miteinander zu wechseln, doch unsere Herzen, unsere Gedanken sprechen viel miteinander. In Ajuy parkt Carlos sein Auto auf dem Strand unterhalb der großen Felsen, die ins Meer hineinragen. Wir steigen aus, Carlos nimmt mich an der Hand, und wir gehen auf einem steilen Pfad, immer entlang der Felsen, nach oben. Die Aussicht dort oben übers Meer und die Steilküste ist wunderschön. Ein Stück weiter, nach einigen Minuten, kommen wir an eine Stelle, von der aus wir auf eine Bucht hinunterblicken, in der die Fischer von Ajuy ihre Boote vor Anker liegen haben. Und nun kann ich sie sehen, die Höhlen, von denen mir Carlos erzählt hat, sie sind wie Perlen an einer Schnur aufgereiht entlang dem Wasser, bei einigen ist ein kleiner Sandstrand davor, schwarzer Sand, andere sind vom Wasser überflutet. Manche Höhlen sind recht groß, teilweise sind sie untereinander verbunden, man kann durch Löcher, die sich im Inneren der Höhlen befinden, von einem Raum zum anderen klettern, doch ist es nicht ganz gefahrlos, und man sollte die Zeiten von Ebbe und Flut beachten, denn das Wasser dringt schnell und teilweise auch tief in die Höhlen ein, wenn das Meer versucht, die Insel zu rauben.

»Würdest Du gerne in eine dieser Höhlen dort unten mit mir gehen? Du musst mir nur sagen, welche Du möchtest, und ich werde sie Dir schenken.« Carlos legt seinen Arm um mich, als er dies sagt. Ich zeige zu einer kleineren Höhle mit einem Sandstrand davor, die schon gleich zu Anfang meinen Blick auf sich gezogen hat. »Dann lass uns umkehren, zurück nach Ajuy, wir gehen zu Lorenzo, dem Fischer, er ist ein Freund von mir, er gibt uns sein kleines Boot, mit dem wir in die Bucht und zu Deiner Höhle fahren können.« Carlos nimmt wieder meine Hand und wir eilen den felsigen Weg hinunter, können es kaum erwarten, uns in Lorenzos Boot zu setzen, um zur Höhle zu gelangen. Lorenzo gibt uns noch einen Stapel Handtücher mit, er meint, wir würden sie bestimmt brauchen. »Ihr wollt Euch doch sicher auch in den Sand legen, nicht nur in der Höhle umherlaufen wie zwei verscheuchte Katzen«, sagt's und grinst dabei, und zwinkert Carlos zu, und ich möchte am liebsten in den Boden versinken.

Das Boot fährt viel zu schnell – und viel zu langsam. Ich sehne mich nach ihm, nach seinen Armen, seinem Körper – und habe Angst davor. Carlos sieht mich nicht an, blickt geradeaus, doch kann ich am heftigen Heben und Senken seiner Brust beim Atmen erkennen, dass auch er kaum mehr Herr seiner Gefühle ist. In der Bucht ist der Wellengang weniger stark, Carlos verlangsamt die Fahrt, stellt dann den Motor ab. »Willst Du es wirklich? Willst Du es genau so sehr, wie ich es will?« Ich brauche keine Worte, um ihm darauf zu antworten, meine Augen sagen ihm alles. Und er lässt den Motor wieder an; ganz ganz langsam fahren wir auf den kleinen Strand vor der Höhle zu.

Lorenzos kleines Fischerboot wird kaum mehr zum Fischen benutzt, nur noch ab und zu, wenn Lorenzo in Küstennähe angeln geht, ansonsten dient es als Zubringer zu den größeren Fischerbooten, die in der Bucht ankern. Es ist ein kompaktes und breites Boot, mit höheren Außenwänden, als sie die Ruderboote haben, die ebenfalls in Ajuy auf dem schwarzen Sandstrand liegen. Zum Einsteigen ins Boot gibt es eine kleine Holztreppe, die man beim Ablegen an Bord nimmt, und die beim Anlegen, das Boot läuft dabei auf den Sand auf, wieder nach außen an die Bootswand gestellt wird.

Carlos fährt das Boot auf den Strand, wirft einen kleinen Anker aus, macht das Treppchen mit Steinen fest, damit es nicht wackelt oder im weichen Sand versinkt, wenn ich meine Füße darauf setze, reicht mir seine Hände. Ich stehe oben auf dem Treppchen, bekomme weiche Knie, sehe Carlos fragend an. Er legt seine Arme um meine Taille, hebt mich herunter zu sich und trägt mich bis zum Eingang der Höhle. Dort lässt er mich wieder auf den Boden, aber lässt mich nicht los, sieht mir lange in die Augen, nimmt dann meine beiden Hände, führt sie zu seinem Mund, küsst sie. »Ich bete Dich an, mi corazón, und ich liebe Dich, wie ich noch nie in meinem Leben eine Frau liebte. – Die Höhle und ihren Sandstrand lege ich Dir zu Füßen, sie sollen Dein sein für immer. Du bist hier die Königin, mache was Du willst mit mir, ich werde Dich lieben, auch wenn Du mich zerstören solltest.« Ich warte nicht, bis er mich küsst, bis er sich traut. Nein. Ich stelle mich auf meine Fußspitzen, lege meine Arme um seinen Hals, schließe meine Augen, mein Mund sucht den seinen. Ein paar Augenblicke ruhen unsere beider Lippen vorsichtig aufeinander – dann versinkt alles um uns her. Welt und Zeit gehen verloren, wir lösen uns auf in Lichtgestalten, schweben miteinander auf dem Regenbogen in die Unendlichkeit. – Und im Meer schwimmt die Liebe.

Schon längst ist es Nacht, wir sind wieder zurück im Strandhaus. Auf der Veranda ziehen wir unsere Schuhe aus, unsere Kleider, laufen ins Meer, wollen zusammen das Kommen und das Gehen der Wellen mit unseren Körpern spüren, wollen das Leben spüren. »Siehst Du auch Arizona dort im Westen, am Horizont. Siehst auch Du die Wüste, die auf dem Meer schwimmt?«, frage ich Carlos. Er sieht sie nicht. Er kann sie noch nicht sehen. – Eines Tages vielleicht.

Der Nachtwind bläst uns ins Gesicht. Wir fangen an zu frösteln, laufen zurück ins Haus, Hand in Hand, doch jeder ist in seine eigenen Gedanken versunken; jeder ist in seinen eigenen Gedanken ertrunken.

Wind

… und der Wind singt ein Lied
für den Mond, der dort zieht
über die Insel.

… und der Wind singt ein Lied
zu dem Traum, der mit ihm zieht
zu den Sternen.

… und der Wind trägt mit sich
die Gedanken der Liebe,
des ewigen Sehnens.
Die Sehnsucht nach Frieden.
Und er trägt sie bis ans Ende der Welt und der Zeit.

Er trägt sie zum Ursprung von allem,
zur Schöpfung.
Dort ruh'n sie für ewig
in der Unendlichkeit.

Carlos schläft noch tief und fest, als ich erwache. Ich stehe
auf, leise, um ihn nicht in seinem Schlaf zu stören, hole
meine Aquarellfarben, meinen großen Malblock, Wasser.
Ich öffne die Türe zur Veranda. Dort steht – und ich muss
gleich zweimal hinsehen, weil ich meinen Augen nicht traue
– mitten auf dem runden Tisch ein Sektkübel, gefüllt bis
oben hin mit Eiswürfeln, und darin eine Flasche Champag-

ner. ›Für Euch beide. Liebe Grüße. Laura und Robert‹ steht auf dem Kärtchen, das an die Flasche gehängt wurde. Nur noch die Blumen fehlen. Ich male bunte Tulpen ins fließende Nass meines Papiers, lasse den Malblock auf dem Tisch liegen, damit er trocknen kann, und stelle zwei Champagnergläser dazu. Dann schlüpfe ich wieder ins Bett, unter die Decke, zu Carlos. Er riecht nach Liebe, ich kann seine Erregung spüren, und wieder trägt er mich in seinen Armen davon. »Mi corazón – mi corazón«, flüstert er.

Carlos bleibt den ganzen Tag bei mir. Wir sitzen auf der Veranda, erzählen, sprechen, lachen, lieben uns. Am Abend möchte Carlos kochen. »Dein Kühlschrank quillt ja über. Wann wolltest Du denn dies alles essen?«, fragt er grinsend. »Oder hast Du beim Einkaufen schon geahnt, dass ein Koch bei Dir einziehen wird?« Ich antworte nur geheimnisvoll: »Vielleicht.« – »Sprich jetzt nicht so in diesem Ton mit mir. Deine Stimme klingt so sehr nach Sex. Du weißt, Du erregst mich damit, und ich kann nicht mehr kochen, weil ich nur noch das Eine mit Dir im Sinn habe, und wir landen wieder im Bett, und morgen wird man uns finden, halb verhungert und völlig entkräftet.« Ich grinse und sage: »Ich würde es gerne auf einen Versuch ankommen lassen, ob wir schon morgen halb verhungert und völlig entkräftet wären, oder erst in einer Woche.« – »Willst Du damit sagen, dass wir eine ganze Woche lang nichts anderes tun sollten, als nur Liebe machen?« Mit diesen Worten knallt Carlos die Kühlschranktüre zu, packt mich am Arm, zieht mich hinter sich her ins Schlafzimmer, und schmeißt mich aufs Bett mit den Worten: »Das kannst Du haben!«

Carlos macht Frühstück. Der Tisch auf der Veranda ist zu klein für all die herrlichen Sachen, die er zubereitet hat. Er bedient mich, verwöhnt mich, ist Koch, Kellner, Liebhaber, Mundschenk, Küchenangestellter, Tellerwäscher, alles in einer Person. Nach dem Frühstück, in der Zwischenzeit ist es bereits zwei Uhr mittags, frage ich ihn: »Solltest Du Dich nicht mal wieder in Deinem Restaurant blicken lassen?« – »Habe ich ein Restaurant? Ja, stimmt. Hatte ich total vergessen.« Carlos geht sehr ungern, und auch mir fällt es schwer, die paar Stunden bis heute Abend ohne ihn verbringen zu müssen. Ich kann es schon jetzt kaum erwarten, ihn wieder bei mir zu haben.

Meine Welt, ja, mein ganzes Dasein, alles hat sich verändert in nur wenigen Stunden. Bin ich überhaupt noch die, die ich war vor vier Tagen, bevor ich mich noch einmal in meinem Leben auf die Liebe einließ, bevor ich nochmals einen Mann, eine Liebesbeziehung zuließ? Freiheit weg, Ruhe weg, Seelenfrieden auf Reisen geschickt.

Die Katze kommt. Verstört schaut sie mich an, irgend etwas passt ihr nicht im Haus. Sie riecht Carlos, riecht etwas Fremdes. Sie läuft durch alle Zimmer, sieht sich um, geht wieder hinaus auf die Veranda, in den Garten. Ich locke sie, raschle mit dem Trockenfutter, schütte es ganz laut in ihren Fressnapf, doch sie beobachtet mich nur, bereit, auf und davon zu springen. Das Beste wird sein, ich lasse sie einfach in Ruhe, beachte sie nicht weiter, dann wird sie sich vielleicht entschließen, zu mir auf die Veranda zu kommen, sich auf meinen Schoß zu setzen, wenn ich schreibe, so wie sie es oft tat in den vergangenen Wochen. Aber heute ist es anders. Sie bleibt im Garten sitzen, blickt in Richtung Haus, frisst nicht, trinkt nicht. Nach drei Stunden mache ich eine Schreibpause, muss unbedingt meine Beine bewegen, und laufe runter ans Wasser. Als ich zurückkomme, ist die Katze nicht mehr da. Ihr Fressnapf ist leer, vom Wasser hat sie auch getrunken, doch sie liegt nicht auf ihrem Plätzchen im Haus, auch nicht im Garten. Weil meine Augen brennen und leicht entzündet sind vom andauernden Wind und vom zu langen ›nonstop‹-Schreiben am Laptop, will ich mich kurz im Schlafzimmer aufs Bett legen, die Augen für eine Weile zumachen. Die Türe zur Veranda lasse ich weit offen stehen, denn ich mag keine geschlossenen Türen und Fenster im Sommer, wenn es warm ist. Aus der Küche höre ich Geräusche, es ist der Fressnapf der Katze, der auf dem Steinboden geschoben wird. Die Katze muss ins Haus gekommen sein und schiebt nun ihre Schüssel durch die Küche, was sie immer macht, wenn sie kein Futter darin findet. Ich bleibe liegen, warte ab, ob sie wieder geht oder ob sie nach mir sucht und ins Schlafzimmer kommt. Eine Weile später kommt sie tatsächlich, sieht mich auf dem Bett liegen, streicht im Zimmer umher, fängt an zu miauen, macht einen Satz auf meinen Bauch, bleibt liegen, schnurrt eine Weile und schläft dann ein. Ich wage mich nicht zu bewegen, aus Angst, die Katze zu erschrecken.

Spät am Abend kommt Carlos wieder. Ich bekomme Herzklopfen, als ich sein Auto höre, und stürze hinaus in seine Arme mit den Worten: »Liebe mich, liebe mich. Höre nicht auf, mich zu lieben.« – »Aber ich liebe Dich doch, mehr als mein Leben, mehr als ich jemals irgendetwas, irgendwen auf der Welt geliebt habe.« – »Ja, das weiß ich! Aber ich meine auch noch die andere Liebe! Ich will Deinen Körper spüren, will Dich in mir haben!« Zärtlich küsst er mich auf den Mund, küsst meine Wangen, meine Augen, küsst mein Haar, meinen Nacken, meinen Hals, meine Ohren, küsst mich auf die Stirn mit den Worten: »Wir haben alle Zeit, wir müssen uns nicht beeilen. Wir haben die Liebe und haben unsere Liebe, und sie wird dauern bis ans Ende aller Zeiten.« Lange bleiben wir einfach so stehen, ineinander verschlungen, im Mondschein, vor dem Haus.

»Im Kofferraum ist Essen, frisch gekocht von Ramon, meinem Koch, für Dich und mich«, flüstert Carlos. »Ramon sagte, ich soll Dir, seiner Königin, sein Herz zu Füßen legen und Dir sagen, dass er Dein treuester Untertan wäre und Dir stets ergeben.« Und merklich lauter fügt Carlos hinzu: »Wenn er jetzt noch gesagt hätte, dass auch er Dich sehr verehrt, hätte ich ihm eine reingehauen.« Carlos lacht. »Also eifersüchtig bist Du auch noch! Da kommen ja schöne Zeiten auf mich zu.« Carlos muss noch immer lachen, doch lässt er mich los, öffnet den Kofferraumdeckel und hebt einen großen Isoliercontainer heraus, trägt ihn ins Esszimmer, um ihn dort abzustellen. »Mach auf«, sagt er. Ich nehme den Deckel herunter, staune, obenauf liegt eine Wassermelone. Fragend blicke ich Carlos an. »Du kannst sie gleich auf den Tisch legen, heute beginnen wir mit dem Dessert.« Offenbar ist die Melone schon in der Mitte auseinandergeschnitten, denn als ich sie in die Hände nehme, verrutscht die obere Hälfte. Ich schiebe die beiden Hälften wieder übereinander und hebe sie dann vorsichtig auf den Esstisch. »So, nun nimm den oberen Teil weg«, sagt Carlos. Gesagt, getan, doch sind da keine Melonenkerne in der Mitte zu finden, wie ich erwartet habe, sondern ein in Alufolie eingepacktes, dunkelblaues kleines Etui. Carlos schweigt, gibt keine Anweisungen mehr, und ich zögere, das Etui zu öffnen, hoffe inbrünstig, keinen Ring darin vorzufinden, ich bin noch nicht so weit. Endlich nehme ich allen Mut zusammen und den Deckel herunter. Da liegt, auf weißer Seide, ein wunderschöner, oval geschliffener Aquamarin. »Das bist Du.« Zärtlich kommen die Worte über Carlos' Lippen. »Er ist noch ungefasst. Du sollst entscheiden, ob er eine Fassung bekommt oder nicht. Du bestimmst, ob es ein Ring werden wird oder nur ein Anhänger zu einer Kette. Du wirst ihm eine Zukunft geben. Aber welche auch immer es sein wird, er bleibt Dein. – Und Du sollst Deine Freiheit behalten, auch wenn Du ihn ankettest.« Ich schlucke, weiß nichts zu sagen, weiß nicht, ob ich weinen oder lächeln soll. Lange Minuten brauche ich, um wieder klar denken zu können. »Du hast ihn wohl schon sehr lange, diesen Stein?« – »Ja. – Ich kaufte ihn am Tage danach, als ich Dich zum ersten Mal gesehen hatte, mit Dir gesprochen hatte. Es war bei Laura; Du warst noch ganz neu auf der Insel, gerade erst zwei Tage hier. – Ich kaufte ihn für Dich.« – »Schon so lange liebst Du mich, Carlos?« – Schweigen. Wo es keine Worte mehr braucht, ist Schweigen.

Wir stellen Kerzen auf den Tisch, alle Kerzen, die ich im Haus finden kann. Wir sind schweigsam und essen Ramons Menü. Ich bin mir sicher, dass es herrlich schmeckt, doch ich esse, ohne zu wissen, dass ich esse. Carlos muss es ähnlich ergangen sein, denn er fragt mich beim Geschirrabräumen: »Weißt Du, was wir gegessen haben?« – »Nein. Nicht so richtig.« – »Was antworte ich nur Ramon auf seine Frage morgen, wie es uns, und vor allem wie es Dir geschmeckt hat?« – »Sag ihm die Wahrheit. Sag, dass Du mich sehr betroffen gemacht hast, vielleicht sagst Du ihm auch warum, und sag, dass wir beide eine Zeit lang nicht von dieser Welt waren.« – »Er wird tief gekränkt sein, er ist ein Meister, ein Künstler in seinem Beruf als Koch, und er hat seine empfindlichen Stellen.« – »Er wird nicht gekränkt sein, und Du musst ihm auch keine Fragen beantworten.« – Carlos wird unruhig: »So genau kennst Du ihn?« – »Nein, so genau kenne ich ihn nicht. Aber er kennt Dich und er kennt mich. Und er kennt die Liebe, kennt unsere Liebe.« Alle Kerzen sind heruntergebrannt, wir sitzen eng umschlungen im Dunkeln. »Komm«, bittet Carlos, »lass uns hinuntergehen zum Strand. Wir nehmen eine Decke mit und legen uns in den Sand, sehen dem Mond zu auf seiner Reise und warten auf eine Sternschnuppe.« – »Willst Du Dir etwas wünschen?«, frage ich Carlos. »Ja.«

»Erzähle von Arizona. Erzähle alles noch einmal, was Du mir vor Jahren sagtest. Zeige mir das Land, dem Deine Seele gehört, ich möchte noch viel mehr davon wissen.« Carlos spricht sehr leise, als ob er Angst hätte, schlafende Hunde zu wecken. »Lass uns zusammen heute Nacht die Reise nach dorthin machen.« Er nimmt meine Hand ganz fest in die seine; er hat wohl Angst, dass ich ihm unterwegs verloren gehen könnte. Wir liegen auf der Decke im Sand, am Meer. Ein Boot kommt, wir steigen ein, es bringt uns zum Regenbogen, und wir gehen über ihn in mein Land der roten Erde.

»Ich liebe den Geruch der Wüste. Ich liebe die Urgewalten der Gewitterstürme im August, der Blitze, wenn fünf oder mehr noch gleichzeitig am Himmel zucken. Ich liebe die lauten Donnerschläge, die die Erde erzittern lassen, die plötzlichen Wassermassen des Regens, der ausgetrocknete Flussbetten in kurzer Zeit zu reißenden Strömen macht und Regenbögen, manchmal mehrere auf einmal, malt. Ich liebe die trockene Hitze und den Wind Arizonas. – Doch es ist nicht nur Arizona alleine. Es ist auch New Mexico, ist Utah, ist Colorado. Es ist der ganze Südwesten der USA, der mich gefangen hält.

Weißt Du, wie schön der Himmel ist, dort, nachts in der Wüste, und ganz besonders im August? Millionen von Sternen glitzern, funkeln, und plötzlich eine Sternschnuppe! Und noch eine! Und immer mehr Sterne fallen nieder, manche mit langem Schweif, andere ziehen für Sekunden ihre Bahn über das Nachtblau des Himmels. Man nennt sie Perseiden. Sie sind treu, sie zeigen sich jedes Jahr in der ersten Hälfte des Augusts. Zwei, drei Wochen lang, Nacht für Nacht, am Nordhimmel, im Sternbild des Perseus.

Die Wüste lebt. Du kannst sie atmen, sprechen hören. Und sie liebt Dich, wenn Du sie liebst. Eigentlich ist es eine Halbwüste. Im Norden Arizonas, bei Flagstaff, gibt es riesige Wälder, dunkles Nadelgehölz. Dort sind Berge, die San Francisco Mountains, die bis nahezu 4000 Meter hoch sind. Im Süden, bei Tucson, sind die großen Kakteenwälder. Saguaros – diese Giganten, bis 15 Meter hoch, manche davon 200 Jahre und mehr alt, stehen dicht an dicht, sehen aus wie mehrarmige Kerzenleuchter, Kandelaber. Hier ist man nur noch in einer Höhe von ungefähr 800 Metern. Ganz im Südwesten, bei Yuma, an der Grenze zu Mexico schließlich, ist Arizona bei nur 600 Metern über dem Meeresspiegel angekommen.

Die Canyons. Hunderte an der Zahl, in allen Farben, allen Breiten, Tiefen und Längen. Der größte und atemberaubendste davon ist Grand Canyon, jedoch mein Herz suchte sich den Canyon de Chelly mit seinen roten Felsen und seinen grünen, vereinzelt stehenden Pinien, dort gefällt es ihm am besten. – Bryce Canyon in Utah – ein zerbrechliches

Kleinod in Pastelltönen, in Rosarot, in Creme und Weiß, ab und zu eine grüne Pinie, und gesäumt am Rand von Wäldern – filigrane Wohnstätte von Göttern. Erhaben thronen sie im Halbrund über der Wüste.

Monument Valley – der Ort, an dem vor nun zwanzig Jahren alles begann. Der mich packte, nicht mehr losließ, so dass ich anfing, nach meinen indianischen Wurzeln zu suchen. Monument Valley, heiliges Land des Navajo-Indianer-Volkes, die Schönheit selbst. Navajo-Gottheiten – Monumente aus rotem Sandstein, gebettet auf rote Erde, von rotem Sand umspielt – wachen dort über ihr Volk, sind steinerne Zeugen der Erdgeschichte. Monument Valley, der rote Nabel in Mutter Erdes indianischem Schoß.

Supai, das Dorf des Havasupai-Indianer-Stammes, des ›Volkes der grünen Wasser‹, wie sie sich selbst nennen, weit unten im Grand Canyon. Die allerschönsten Wasserfälle habe ich dort gesehen. Türkisgrünes Wasser fällt, springt über rote Felsen, sammelt sich in terrassenartigen Becken, in denen man baden kann.

Lake Powell – ein See mitten in der Wüste, gestautes Wasser des Colorado Rivers. In den 1950er Jahren baute man einen Staudamm am westlichen Ende des Glen Canyons und begann dann den Canyon mit den Wassern des Colorado Rivers zu füllen. Siebzehn Jahre brauchte es, bis der Stausee erstmals voll gefüllt war. Es ist ein See mit Hunderten von Canyons, die seitlich abgehen, tief hinein zwischen die hohen Felswände aus rotem Sandstein, die das Glen Canyon eingrenzen. Die Farben des Wassers wechseln ständig von helltürkis bis dunkelblau, alle Nuancen, und der See wird unheimlich und düster, trägt weiße Schaumkronen, wenn Gewitter nahen. Ein Teil der Canyons gehört zur Navajo-

Reservation, so wie auch die Rainbow Bridge, eine riesige Brücke aus rotem Sandstein, die die Natur erschaffen hat. Sie ist heilige Stätte des Navajo-Volkes, das dort seine Heilungszeremonien abhält. Man darf diese Stätte aus der Ferne bewundern, sofern dort gerade keine Zeremonien abgehalten werden, dann hört man die Trommeln und die Gesänge der Indianer schon aus weiter Ferne. Es ist ein stiller See, still und wunderschön, wie die Wüste, in der er träumt. Aber es ist auch ein trauriger See. – Nichtachtend der heiligen indianischen Stätten im Glen Canyon, der zwischen 800 n.Chr. und 1200 n.Chr. entstandenen Klippenhäuser und Petroglyphen, der vorgeschichtlichen Felszeichnungen der Anasazi, des indianischen Volkes, das verschwunden ist, wurde der Canyon, in dem einst nur die Wasser des Colorado Rivers dem Meer zuflossen, geflutet, und ein Teil indianischer Hinterlassenschaft, indianischer Geschichte darin ertränkt.

Hopi – meiner Wurzeln Haus. – Heute nur noch ein kleines Stück Wüstenland im großen Arizona. Zum Reservat geworden für das Hopi-Indianer-Volk, dem einstmals ein beträchtlicher Teil der großen Weite im Norden Arizonas ganz gehörte. Nun ist es gleichsam eine Insel inmitten des ausgedehnten Navajo-Indianer-Reservats. – ›Hopi‹, so nennen sie sich selbst, bedeutet ›Volk des Friedens‹. Diesen Namen tragen sie mit Recht, denn es sind friedvolle, freundliche Menschen, die dort in den alten, ja, teilweise uralten Dörfern auf den Mesas leben, oder unten im Tal, am Fuße der Tafelberge. Mesas – drei Tafelberge, die aus der Wüstenebene beinahe senkrecht ungefähr 100 – 150 Meter emporsteigen. Walpi, auf der First Mesa, und Oraibi, auf der Third Mesa, sind die nachgewiesen ältesten kontinuierlich bewohnten Dörfer in den ganzen Vereinigten Staaten von Amerika. In Walpi sind einige dieser uralten Häuser aus Lehm und Holz, mit großen Holzleitern an den Außenwänden, über die man früher über die Dächer ins Innere der Häuser gelangte, immer noch bewohnt, und in den alten Kivas, den runden, unterirdisch gelegenen geheiligten Räumen, werden heute noch immer besondere Zeremonien abgehalten. Es gibt dort oben kein Wasser und auch keinen Strom, aber es gibt Ruhe für Dein Herz, gibt Stille; es hat unendlich weite Sichten in die Wüste, und Du bist der Schöpfung näher. Es ist ein Ort mit einem ganz besonderen Energiefeld – und es ist der Ort, an dem meine Wurzeln tief in den Schoß von Mutter Erde wuchsen. Es ist die Heimat von Butterfly Katchina, es ist das andere Ende des Regenbogenpfads. Es ist Bruder und Schwester, Liebe und Hoffnung, ist Sonnenstrahl. – Ist vieles, sehr vieles immer noch – doch es ist nicht mehr nur alles.«

Schweigen. Stille. Nachtwind. Wellen spülen sanft an den Strand. Carlos zieht mich an sich, umschlingt mich mit seinen Armen. »Doch es ist nicht mehr nur alles«, wiederholt er langsam meine Worte. »Weißt Du, was Du gerade sagtest, mi corazón?« Und da erst wird mir die Bedeutung meiner Worte richtig bewusst.

Lange Minuten vergehen schweigend. »Nimmst Du mich mit, eines Tages, nach Arizona, wenn ich Dich sehr darum bitte?«, fragt Carlos und fährt fort: »Ob sie mich wohl annehmen werden oder nur akzeptieren, Deine indianischen Freunde? Und Dein Bruder Namingha und Deine Schwester, ob sie mich wohl auch ihren ›Bruder‹ nennen werden?« – »Sie schauen in Deine Augen und suchen Dein Herz darin. Finden sie es nicht, werden sie Dich nie ›Bruder‹ nennen.

Sie werden Dich akzeptieren, doch annehmen werden sie Dich, wenn sie Dein Herz nicht finden können, nie. – Meine Schwester wird Dich mögen. – Namingha, mein Bruder, wird es auf einen Kampf ankommen lassen zwischen ihm und Dir, einen Kampf um mich. Und wenn er sieht, dass Du falsch spielst, wird er Dich zusammenschlagen.« – »Liebt er Dich so sehr?«, fragt Carlos, und in seiner Stimme schwingt Traurigkeit mit. – Es ist kühl geworden, fast schon Morgen, ich friere. Und Carlos bedeckt mich mit seinem warmen Körper.

»Mi corazón – mi corazón.«

Carlos ging in sein Restaurant, muss dann noch in sein Büro, es wird spät werden heute Abend, bis er wieder bei mir sein kann. Ich schreibe ein Gedicht an den Rand eines Aquarellbilds vom Meer, denke, wie sich alles für mich verändert hat, selbst die immer gegenwärtige Sehnsucht nach Arizona tut nun weniger weh. – Aber möchte ich diese Sehnsucht ganz verlieren? Mit einem Mal bekomme ich Gewissensbisse, fühle mich schlecht – und untreu geworden. Ich werde zu Laura gehen oder zu Anna, ich muss hier raus, ganz schnell, bevor ich Panik bekomme! Gewissenhaft und ordentlich wie ich bin, wahrscheinlich auch bleiben werde, denn bislang kann ich hier keinerlei Veränderung an mir feststellen, erledige ich trotzdem zuerst meine Arbeit und schreibe das begonnene kleine Gedicht zu Ende, lege dann das Bild in eine Mappe zu den anderen Aquarellen, räume die Schreibstifte weg, dann erst hole ich die Autoschlüssel.

»Ich dachte mir, dass Du heute kommst«, sagt Laura. Ihr forschender Blick in meine Augen bringt mich nun vollends aus der Ruhe. »Panik, stimmt's? – Du willst Dir einerseits Deine Unabhängigkeit bewahren, andererseits Carlos nicht verlieren; Du möchtest Dein Leben mit ihm teilen. Aber Du möchtest auch, dass es nur die e i n e große Liebe gibt in Deinem Leben, die sich allerdings nie erfüllen darf, die Sehnsucht bleiben muss, damit sie unsterblich wird – Deine Liebe nämlich zu Arizona, zu Hopi. – Zwei Lieben, und zwei verschiedene Leben, glaubst Du, sind es, und verlangst von Dir selbst, dass es nur e i n e Liebe zu geben hat. Warum? Es ist e i n großartiges Leben, in dem sehr wohl zwei Lieben nebeneinander, miteinander Raum finden können, Du musst es nur zulassen und leben.« Laura lächelt mich an. »Du kannst Deine Unabhängigkeit gar nicht verlieren, wenn Du Dir selbst Deine Freiheit nicht nimmst. – Und Carlos bedeutet auch nicht das Ende Deiner Liebe und Deiner Sehnsucht nach Arizona. Vielleicht wird auch er eines Tages seine Liebe zu diesem Land und zu Hopi entdecken.« Laura nimmt meine Hände in die ihren und sagt eindringlich: »Er liebt Dich sehr. Er würde alles für Dich geben, und Du weißt es.« – »Ja, das ist es doch gerade, weil er mich so sehr liebt, habe ich Angst! Ich habe Angst, dass ich mir von ihm die Luft zum Atmen nehmen lasse, dass ich eines Tages feststellen muss, nicht mehr ich selbst zu sein, und dass ich dann wieder auf die Suche nach meinem Ich gehe. Und ich habe Angst vor mir, vor dem, was ich mit ihm machen werde, vor dem, was ich aus ihm machen werde. Ich habe Angst, dass ich ihn so verletzen könnte, dass er seine Lebenskraft verliert.«

Laura und ich sitzen auf der alten Steinbank im Garten, schweigend trinken wir Tee, und ich kämpfe mit den Tränen. »Komm, wir fahren zu Anna«, sagt Laura. Gerade wollen wir ins Auto steigen, als ein Motorrad zu hören ist. »Das ist Robert. Du musst ihm nichts erklären, er ahnt, weshalb Du gekommen bist, wenn er Deine unruhigen Augen sieht.« – »Hallo, Schwester! Schön, Dich zu sehen!«, ruft Robert. Er steigt vom Motorrad ab, läuft mit weit ausgebreiteten Armen auf mich zu, drückt mich an sich. »Lass Dich mal anschauen, ich möchte sehen, wie Dir die Liebe bekommt«, sagt er, und dabei hält er mich ein kleines Stück von sich weg. Ich lüge, sage: »Ich wollte nur kurz bei Euch reinschauen und mich für den wunderbaren Champagner und Eure gelungene Überraschung bedanken.« Roberts Gesichtsausdruck lässt mich wissen, dass er kein einziges Wort glaubt. Eine lange Weile forscht er in meinen Augen, dann sagt er ganz ruhig: »Du musst Arizona nicht aufgeben, und es ist auch kein Verrat an Hopi, wenn Du Carlos liebst und mit ihm leben willst.«

Wir fahren alle drei zu Anna. Laura und ich in meinem Auto, Robert mit dem Motorrad, das, wie ich erfahre, Felix gehört, der es für ein, zwei Tage an Robert ausgeliehen hatte. Anna ist zu Hause und Felix ist auch da. Anna freut sich sehr, dass wir sie besuchen. »Ich habe Felix zum Abendessen eingeladen, und es wäre mir eine Freude, wenn Ihr auch zum Essen bleiben könntet, ich habe so viel gekocht, es reicht bestimmt für uns alle.« – Ich weiß, Anna lädt uns drei nicht aus purer Höflichkeit ein, Anna meint auch, was sie sagt, sie ist immer aufrichtig, doch habe ich das unbestimmte Gefühl, dass wir stören würden, wenn wir blieben. »Vielen Dank«, sagt Laura, »wir gehen gleich wieder, Robert wollte nur schnell Felix' Motorrad zurückbringen. Außerdem hat Robert gestern frischen Fisch gekauft, der auch gegessen werden sollte, bevor er nicht mehr gut ist.« – »Und Du«, fragt mich Anna, »willst Du nicht wenigstens mit uns essen?« – »Nein, Anna, danke. Ich muss die beiden doch wieder zurückfahren, Laura hat ihr Auto nicht dabei, wir sind mit meinem gekommen.« – »Geht es Dir gut?« Anna nimmt mich an der Hand. »Komm, ich will Dir etwas zeigen, Laura hat's schon gesehen.« Mit diesen Worten führt sie mich in ihr ›Atelier‹, wie sie das sonnige Zimmer nennt, das zur Terrasse führt. »Du bist traurig?«, will sie wissen, und ich kann keine Antwort geben. »Schau, das ist Felix! Wie findest Du ihn?« Aus Ton geformt, und doch ganz lebendig, steht die Büste von Felix auf einem Sockel mitten im Raum und blickt aufs Meer. »Er ist wunderschön, Anna!«, rufe ich aus, voller Begeisterung über ein wirkliches Meisterwerk. »Du bist traurig?« Hartnäckig bohrt Anna nach. Ich schweige. »Carlos? – Panik? – Du wirst nichts verlieren, Du wirst nur dazugewinnen«, sagt sie, und streichelt mein Gesicht.

Ich bringe Robert und Laura nach Hause und fahre dann gleich zurück ins Strandhaus. Ich möchte alleine sein, muss meine Gedanken sortieren, will wieder einen klaren Kopf haben, wenn Carlos heute Nacht zurückkommt; er soll mir keine Fragen stellen müssen, soll nicht zweifeln an mir.

Carlos verlässt mich sehr früh am nächsten Morgen, verspricht dafür, schon am Nachmittag wieder zurück zu sein. Ich ziehe meine Laufschuhe an und gehe zum Strand hinunter, laufe in der ruhigen Brandung, bis meine Waden schmerzen, dann erst drehe ich um. Auf dem Verandatisch liegt, beschwert mit einem Stein, ein Brief von Anna; Felix wird ihn gebracht haben, als er unterwegs zum Surfcenter war. In ihrer weichen, schönen Schrift, die ich so mag, schreibt mir Anna in Gedichtform:

Immer noch zweifelst Du, bist immer noch bang.
Immer noch hast Du Angst, zu verlieren den Klang,
der unwiderstehlich hinüber Dich zieht.

Und doch weißt Du tief drinnen: Die Suche ist aus.
In Dir selbst bautest Du unzerstörbar Dein Haus
aus Windspiel und Trommeln und Walpis Gesang.

Für immer ist es Dein – seist Du hier oder dort.
Du nimmst es mit an jedweden Ort,
wie oft Du auch gehn magst oder kommen.

Deine Anna.

Mit ihren Versen fasste Anna in Worte, was ich ganz in meinem Innersten lange schon weiß, doch vor mir selbst nicht zugeben wollte bis heute, bis zu dieser Stunde: Die Suche ist aus. Ich trage Hopi – Walpis Gesang – in meinem Herzen, kann ihn nie mehr verlieren, und niemand kann ihn mir nehmen, er ist mein. Und egal, wo ich auch sein werde, er wird immer da sein, ich muss nicht mehr nach Arizona gehen, um ihn zu hören. Arizona ist in mir, und immer bin ich auf Hopi. Mit einem Mal fühle ich mich wie befreit. Es ist Nachmittag, Carlos wird bald hier sein, ich freue mich so sehr auf ihn.

Hupend stoppt ein Auto hinterm Haus, und jemand läuft mit raschen Schritten in Richtung Veranda. Ich bin tropfnass vom Duschen und hülle mich schnell in ein Badetuch, um nachsehen zu können, wer es ist. Draußen steht ein Geländewagen mit offenen Türen. Ich gehe ins Schlafzimmer, um nicht gleich gesehen zu werden, wenn ich auf die Veranda blicke. »Mi corazón, wo bist Du, komm, wir machen einen Ausflug!«, ruft Carlos. Mein Herz beginnt wie wild zu klopfen, ich reiße die Türe, die vom Schlafzimmer zur Veranda führt, auf, und stürze mich in Carlos' Arme. »Ich liebe Dich, ich liebe Dich, ich lieb…«, weiter komme ich nicht, Carlos verschließt meinen Mund mit seinen Küssen. – »Du bist ja noch ganz nass! Leg Dich aufs Bett, ich werde Dich trocken reiben.« – »Wolltest Du nicht einen Ausflug mit mir machen? Und woher hast Du den Geländewagen, der draußen steht?« – »Er gehört Ramon. Ich sagte ihm, dass ich Dich heute nach Cofete entführen möchte zu dem schwarzen Felsen. Er gab mir seine Autoschlüssel und meinte, es wäre besser, gleich sein Fahrzeug zu nehmen, anstatt dass er uns damit in der Nacht noch abschleppen müsste, denn mit meinem Wagen, so sagte er, würden wir bestimmt im Geröll und Sand stecken bleiben.« Carlos frottiert mir den Rücken trocken, den Bauch, meine Schenkel – Cofete wird auch schön sein bei Nacht, und der schwarze Fels ist so oder so schwarz, ob Tag oder … Carlos, was machst Du nur mit mir …

Cofete. Neumond. Sternenhimmel. Am Firmament glitzern und funkeln Milliarden von kleinen Lichtern um die Wette. Milchstraße. Schwarzes Meer. Schwarze Küste. Schwarz ist der Sandstrand. Der schwarze Fels ist nicht mehr zu sehen, zu dunkel ist die Nacht. Meer und Himmel gehen ineinander über. Sternschnuppenregen – es bleibt kein Wunsch mehr ungewünscht. Wir stehen und bestaunen die Schöpfung.

»Ramon hat uns etwas zum Essen eingepackt. Hinten im Fahrzeug steht ein Korb, den werde ich jetzt holen«, sagt Carlos und leuchtet mit der großen Stablampe in den Stauraum des Geländewagens. Ramon, der Meisterkoch, der Künstler, kreierte für uns ›ein kleines Strandmenü für Verliebte‹, wie er auf den Zettel schrieb, den er am Picknickkorb anbrachte. Stilvoll verpackt in kleinen Porzellanschüsseln finden wir geschälte Gambas, marinierte Tintenfischstückchen, Oliven, Tomaten, Mangosauce für die Gambas, dazu eine kleine Flasche Rotwein, Gläser, Brot, Besteck; an alles hat Ramon gedacht. Ganz unten im Korb ist ein wunderschönes altes Keramikschüsselchen mit Deckel, darauf ein kleiner Brief für mich: »Dies ist für Dich, meine Königin, es stammt noch von meiner Mama, sie aß daraus den Flan caramelo, den sie auch so liebte wie Du.« Als ich den Deckel vom Schüsselchen nehme, verströmt sich der Duft des Karamells im ganzen Auto.

Wieder zurück im Strandhaus, kuschele ich mich im Bett ganz eng an Carlos. Wie so oft ist mir kalt, wenn ich müde bin, doch nun ist jemand da, der mich hält und wärmt, ich bin nicht mehr alleine, ich muss nicht mehr frieren in meinem Bett.

Carlos ist längst schon eingeschlafen, ruhig atmet er an meiner Seite, und ich liege immer noch wach, und die Schuld trägt der Mond. Zwischen ihm und mir hat sich in den letzten Jahren ein besonderes Verhältnis entwickelt. Bei Vollmond und den Nächten um den Vollmond herum darf ich nicht schlafen, denn er will mit mir auf Reisen gehen, mir wunderschöne Orte zeigen, Orte, wo die Seele wohnt, und manchmal führt er mich auch hin zu der Trauer in der Welt, zu Not und Elend, zu den Kriegen. Bei Neumond finde ich auch keine Ruhe und mache mich auf die Suche nach ihm, suche ihn überall, so lange, bis ich seine schmale Sichel entdecke, um dann, glücklich darüber, dass er wieder zu sehen ist, ein paar Nächte ruhig zu schlafen. Doch wenn er wieder voll und rund seine Bahn am Himmel zieht … und wenn er wieder verschwunden ist …

An den Mond

Lieber Mond, was machst Du nur mit mir?
Raubst mir den Schlaf,
wenn Du durchs Fenster lachst,
voll aufgeblüht mich drängst,
mit aller Macht,
mit Dir zu reisen durch die Nacht.
Was machst Du nur mit mir?

Dann bist Du fort.
Neumond.
Verschwunden.
Du bist nicht mehr zu sehen. –
Doch ach, wo gingst Du hin?
Unruhig suche ich nach Dir,
kann Dich nicht finden,
kann nicht mehr schlafen!
Reise alleine durch die Nacht.
Was machst Du nur mit mir?

Irgendwann schlafe ich ein. Carlos ist doch bei mir, ich muss den Mond nicht suchen, er wird schon wieder kommen.

Das Telefon klingelt schon früh am Morgen. Schlaftrunken nehme ich den Hörer ab. »Hallo, hier ist Ulla. Peter ist im Krankenhaus. Seine Schmerzen … wir können … sie nicht mehr … zuhause …« Ullas Stimme versagt, ich höre sie nur noch weinen. »Ich komme zu Euch, Ulla. Ich nehme den nächsten Flieger, den ich bekommen kann.« – Ulla und Peter. Zwei alte Freunde. Zwei gute Freunde, die für mich da waren, Zeit hatten, damals vor einigen Jahren, als es mir schlecht ging und ich in ein tiefes Loch gefallen war. Peter erkrankte vor einigen Monaten schwer. Er ging zum Arzt, die Diagnose war Leukämie – im fortgeschrittenen Stadium. Zuerst wollte Peter resignieren, wollte sich nicht auf einen Kampf um sein eigenes Leben und den Tod diesen Feindes einlassen. Doch dann begann er zu kämpfen. Er kämpfte mit all seiner verbliebenen Kraft gegen die zunehmende Kraftlosigkeit, gegen die vielfältigen Begleiterscheinungen der Chemotherapien, kämpfte mit seinem ihm eigenen Humor gegen die Wellen der Trauer. – Ich sitze auf der Veranda, Mosaiksteinchen gleich kommen die Erinnerungen an mehr als vierzig Jahre Freundschaft zu Peter und Ulla. Carlos steht mit einem Mal neben mir, ich habe ihn gar nicht kommen hören, und sieht mich fragend an. »Ich fliege nach Deutschland, wenn es geht, noch heute. – Ein Freund will Abschied nehmen.« Und ich erzähle Carlos von Peter und Ulla, von unserer Freundschaft, die nie viel Aufhebens brauchte und doch stets gegenwärtig war, selbst wenn wir uns manchmal monatelang nicht sahen. »Darf ich mich um einen Flug für Dich kümmern, oder möchtest Du das lieber selbst machen?« Carlos holt das Telefonbuch und sucht nach der Nummer der Flugauskunft. »Mach's Du für mich, dann überlege ich mir inzwischen, was ich für Deutschland alles brauche, und kann den kleinen Koffer schon mal anfangen zu packen.« Carlos wählt die Nummer des Flughafens, hält plötzlich inne und fragt leise: »Du wirst doch wiederkommen? – Bald?« Er blickt nicht zu mir herüber, als er fragt, er starrt nur auf die Tastatur des Telefonapparates. »Eine Woche. Ist eine Woche zu lang für uns beide?«, gebe ich zur Antwort. Ich laufe ins Schlafzimmer und kämpfe mit den Tränen, Tränen um einen Freund, der reisen muss, zu einem weit entfernten Ort, in eine andere Zeit, und Tränen um einen Mann, den ich über alles liebe und von dem ich heute noch fortreisen muss, den ich lassen muss, wenn auch nur für eine kurze Woche. Ich höre Carlos telefonieren mit der Flugauskunft, versuche mich aufs Kofferpacken zu konzentrieren, doch fliegen mir meine Gedanken immer wieder weg nach Deutschland zu meinem todkranken Freund. Carlos kommt zu mir ins Schlafzimmer, sagt, dass es zwei Flüge gibt, einen heute Nachmittag nach München, einen anderen morgen Abend direkt nach Stuttgart. »Ich werde den Flieger nach München nehmen und fahre dann mit dem Zug weiter nach Stuttgart. Ich kann nicht bis morgen warten, ich muss mich heute noch auf den Weg machen.« Carlos versteht mich, er stellt keine Fragen, er weiß, was ich empfinde, und läuft zum Telefon, um den Flug für mich reservieren zu lassen. »Du bist so still, mi corazón, und in Deinen Augen ist nur noch Trauer, aber das Leben ist ein Kommen und ein Gehen, immer und immer wieder, wie die Wellen im Meer. Wenn er hier jetzt Abschied nimmt, Dein Freund, wird er doch an anderen Ufern, in einer anderen Zeit wieder Dein Freund sein, Du wirst ihn nicht verlieren.« – Und Carlos hält mich fest in seinen Armen. »Ich werde Dich heute nicht alleine lassen, ich bleibe so lange bei Dir, bis Du ins Flugzeug steigen musst, und dann warte ich noch, bis die Maschine in der Luft ist, und winke Dir nach, bis der winzige Punkt am Himmel nicht mehr zu sehen sein wird.«

Der Flieger hebt ab, zieht hoch, ich schaue durchs Fenster hinunter aufs Wasser, erhasche einen Blick auf Fuerte, als der Pilot die Maschine in eine sanfte Kurve legt. »Die Wüste schwimmt im Meer«, sage ich leise zu mir selbst. Auf dem Platz neben mir sitzt ein junges Mädchen, etwa fünfzehn, sechzehn Jahre alt. Sie hat die Augen geschlossen und weint still vor sich hin, ab und zu trocknet sie eine Träne, die ihr über die Wange läuft. Ich habe das Gefühl, mit ihr sprechen zu wollen, vielleicht kann ich ihr helfen, doch traue ich mich nicht, sie anzureden. Wieder trocknet sie sich ihre Tränen, dann beugt sie sich nach vorne und beginnt in ihrem kleinen Rucksack nach etwas zu suchen. Ich vermute, sie sucht nach Taschentüchern, und ergreife die Gelegenheit, mit ihr ins Gespräch zu kommen, indem ich ihr von meinen Papiertaschentüchern welche anbiete. Dankbar nimmt sie sie, versucht ein kleines Lächeln zustande zu bringen, und ich frage sie, ob ich ihr irgendwie behilflich sein kann. »Niemand kann mir helfen«, antwortet sie, »da muss ich alleine durch.« Schweigen. »Ich möchte nicht zurück nach Deutschland«, sagt sie plötzlich, »ich würde so gerne bei meinem Vater bleiben auf Fuerte. Meine Eltern sind getrennt; ich wohne bei meiner Mutter in München und darf nur in den Schulferien zu meinem Vater. Er lebt schon seit fast acht Jahren auf der Insel. Er leitet eine größere Hotelanlage.« Wieder

Schweigen. Ich lasse sie in ihren Gedanken, warte darauf, dass sie von alleine weitererzählt. »Wir drei – ich meine meinen Vater, Johnny und mich – wir haben uns so gut verstanden, und nun ist alles aus und vorbei. Johnny musste zurück nach England, ich muss zu meiner Mutter, und … und … dabei lieben Johnny und ich uns so sehr … England ist so weit weg von München … ich weiß nicht einmal, ob wir uns je wiedersehen werden.« Das junge Mädchen an meiner Seite beginnt hemmungslos zu weinen. Ich klappe die Armlehne hoch, die unsere beiden Sitzplätze voneinander trennt, nehme eine Hand von ihr in meine beiden Hände, drücke sie ein wenig, halte sie fest. Als sie sich etwas beruhigt hat, sage ich: »Weißt Du, leben heißt auch Abschied nehmen und Abschied nehmen können. Und es heißt auch, immer wieder neu beginnen.« – Eine ganze Weile vergeht, das Mädchen ist still geworden, auch ich mag nicht mehr reden. Da drückt sie meine Hand und fragt leise: »Sie haben wohl schon oft Abschied nehmen müssen in Ihrem Leben?« – »Ja. – Und heute fliege ich nach Deutschland, um einen Freund loszulassen, der auf eine weite Reise geht.« Und ich kämpfe wieder mit den Tränen, und ich sehne mich nach Carlos. Es ist Abschied – für eine Weile auch von Carlos.

Wir landen in München um neun Uhr abends. Es ist schlechtes Wetter. Es regnet, und es weht ein kalter Wind. Das junge Mädchen steht am Gepäckband neben mir, gemeinsam warten wir auf unsere Koffer. »Schade, dass Sie nicht in München wohnen, ich wäre gerne in Ihrer Nähe. Darf ich Ihnen ab und zu mal schreiben, oder mögen Sie keine Post bekommen, weil Sie vielleicht darauf antworten müssten? – Meine Mutter mag keine Post, sie schreibt nicht gern.« – »Ich würde mich freuen, wenn Du mir schreibst, und ich werde Dir auch antworten auf Deine Briefe. Kann sein, dass Du ein wenig warten musst, bis ich Zeit finde, und oft bin ich auch nicht in Deutschland, doch die Post wird mir nachgeschickt. Ich möchte auch in Kontakt mit Dir bleiben.« Ich gebe ihr mein Visitenkärtchen, sorgfältig verstaut sie es in ihrem Rucksack. »Noch etwas will ich Dir mit auf Deinen Weg geben«, sage ich und nehme dabei die zarten Jungmädchenhände in die meinen. »Es hat alles seinen Sinn, alles im Leben, Du darfst mir glauben. Auch wenn ich zuerst nicht verstanden habe, es nicht verstehen konnte oder wollte, wenn ich mit meinem Schicksal haderte und fragte, warum dies alles auch noch mir, später, viel später, verstand ich das Warum, wusste ich weshalb, und es ergab einen Sinn, und alles, aber auch wirklich alles in meinem Leben hatte seinen tieferen Sinn. – Auch jetzt, dieser Moment mit Dir, unsere Begegnung, meine unverhofft schnelle Rückkehr nach Deutschland, weg von Fuerteventura und von meiner Liebe, das Abschiednehmenmüssen in den nächsten Tagen von einem guten Freund, dies alles hat auch seinen Sinn.« – »Darf ich Sie zum Abschied in die Arme nehmen?«, fragt das junge Mädchen; fragt die junge Frau.

Der Zug rast durch die stockdunkle Nacht. Unaufhörlich rinnt der Regen über die Fensterscheiben. Im Abteil sitzt eine junge Familie mit Baby. Das Kind brüllt ohne Unterlass, unentwegt, trotz aller Versuche der Eltern, es zu beruhigen; vergeblich sind die Liebesmühen. Nach einer Stunde nehme ich meinen Koffer, entschuldige mich bei den jungen Leuten und suche entnervt den Speisewagen auf. Zum Glück gibt es noch einen freien Tisch für mich alleine. Ich bestelle ein Glas Prosecco, stoße mit mir selbst an: »Willkommen in Deutschland!« – Ich friere, bin müde und möchte am liebsten heulen. Der Kellner kommt zum Abkassieren: »Ein echtes Sauwetter, schon tagelang nur Nässe und Kälte, da würde man doch gern gen Süden fliehen«, sagt er. – Wie Recht er hat, denke ich und sehne mich ganz schrecklich nach Carlos.

Stuttgart, spät in der Nacht, der freundliche Taxifahrer wartet, bis ich die Haustüre aufgeschlossen habe. »'s ischt gfährlich heutzutag, als Mädle allei nachts auf dr Straß, i warte, bis Sie drinna sind«, sagt er. In meiner Wohnung liegt jede Menge Post auf dem Couchtisch, war wohl nicht wichtig genug, nachgesandt zu werden, Mathilda, eine gute Bekannte und Hausgenossin, hat dies so für mich entschieden. Mathilda und Phillip, ihr Ehemann, genießen ihre Rente. Fast dreißig Jahre zogen sie durch die Welt, lebten, weil es Phillips Beruf so erforderte, mal in Japan, mal in Kalifornien, mal in Saudi Arabien oder in Chile. Phillip hat nun, so sagt er, genug Welt erlebt, doch Mathilda sehnt sich manchmal danach, wieder über den Globus zu ziehen. »Aber meinen Phillip«, so meint sie, »locke ich mit nichts mehr hinaus. Nicht mal, wenn am Amazonas ein Yeti auftauchen, eine Pressekonferenz geben und anschließend mit Phillip und mir zum Dinner gehen würde.« Mathilda und ich leben daher sozusagen in einer Symbiose miteinander, denn sie versorgt während meiner Abwesenheit meine Topfpflanzen und schaut nach der Post, dafür berichte ich ihr dann von den Yetis am Amazonas oder sonst wo.

Sieben Uhr früh. Unruhig und klatschnass geschwitzt

erwache ich nach einem Traum, in dem sich Wasserberge türmten. Was dies nun wieder zu bedeuten hat? Ich ziehe die Gardinen zurück und öffne alle Fenster, grau in grau sieht mich der Morgen an. Am liebsten würde ich jetzt gleich Carlos anrufen, doch auf Fuerte ist es gerade erst sechs Uhr früh, Carlos schläft bestimmt noch, ich würde ihn nur unnötig erschrecken. Die feuchte Luft, die aus dem Garten in die Wohnung dringt, riecht nach Herbst, und sie riecht auch nach Sterben und nach Tod, es ist ein eigenartiger Geruch. Aus dem ›Winterschrank‹ im Gästezimmer nehme ich einen dicken Baumwollpulli, warme Jeans und Socken. – Vor ein paar Jahren, beim Einzug in dieses neue Haus, beschloss ich, den Winter künftig nur noch im Gästezimmer unterzubringen – für kurze Zeit, und nur zu Gast – und der dortige Schrank ist mein ›Winterschrank‹ und beherbergt die wärmeren Kleidungsstücke. – Dann koche ich Tee, mache mir ›Frühstück ohne alles‹, denn im Kühlschrank herrscht die gähnende Leere, melde mich kurz telefonisch bei Mathilda zurück, lehne ihre freundliche Einladung zum gemeinsamen Frühstück dankend ab – mir ist nicht nach fröhlichem Gespräch, und auch nicht nach Gesellschaft – und renne aus dem Haus in Richtung Garage. Das Auto will nicht mehr anspringen, die Batterie scheint leer zu sein, also renne ich wieder zurück in meine Wohnung, um ein Taxi zu rufen. Das Telefon klingelt just in dem Moment, als ich wieder die Wohnung verlassen will, um ins soeben vorgefahrene Taxi zu steigen. Zuerst denke ich, ich gehe nicht ran, doch dann nehme ich den Hörer ab und bin glücklich, dass ich's tat – es ist mein Herz, mi corazón, es ist Carlos. »So früh schon rufst Du mich an?« – »Ich kann ohne Dich nicht mehr schlafen«, sagt er mit rauer Stimme, »die Nacht ist unendlich lang, die

Morgendämmerung will nicht kommen, und die Sonne mag wohl auch nicht lächeln, sie wartet auf Dich. – Die Wüsten vermissen Dich …« – »Ich liebe Dich, Carlos. – Bald werden wir wieder zusammen in den Wüsten sein …« Nun ist mir nicht mehr kalt, und draußen scheint die Sonne, wenn auch der Wind den Regen durch die Straßen der Stadt treibt.

Ulla öffnet gleich die Türe, ich brauche nicht zu klingeln, sie hörte schon das Taxi vors Haus fahren, sah mich aussteigen, sie hat die ganze Nacht nur gewartet. Sie erzählt mir von Peter, wie schlecht es mit einem Mal ihm ging, wie er nun ab und zu, bedingt durch die starken Schmerzmittel, die Wirklichkeit mit seinen Träumen verwechselt. Sie versucht, nicht zu weinen. »Peter soll nicht sehen, wie furchtbar traurig ich bin, es würde ihm den Abschied zu schwer machen, und er würde nicht loslassen können, es würde seine Qualen nur noch verlängern.«

Wir fahren mit Ullas Auto zum Krankenhaus. Peter freut sich, dass ich gekommen bin. Er scheint keine Schmerzen zu haben, und, wie es mir vorkommt, auch in der Wirklichkeit zu leben. »Du bist also extra aus Fuerte angereist, um nach Deinem alten Freund zu sehen, und lässt Deine Liebe dort einfach zurück?«, stellt er fragend fest. »Woher weißt Du, dass es dort eine Liebe gibt?« Erstaunt blicke ich ihn an. »Ich kenne Dein Gesicht schon seit mehr als vierzig Jahren, und ich kann in ihm lesen. Und nun lese ich, dass Du verliebt bist und dass Du noch einmal den Mut gefasst hast, Dein Innerstes offen zu legen und Dein Herz zu verschenken. – Und in Deinen Augen lese ich, dass Deine Seele nicht mehr nur alleine Arizona gehört. – Es muss ein ganz besonderer Mann sein, der dies bei Dir bewirkt hat.« Peter sieht mich fragend an. »Ja, er ist ein besonderer Mensch. – Er heißt Carlos. – Er liebt mich schon seit dem Augenblick, als er mich zum ersten Mal sah, und das ist schon viele Jahre her. – Er wartete, bis die Zeit für Liebe zwischen Frau und Mann wieder zu mir zurückgekommen war. Er drängte mich nie, er erklärte sich mir nie. Er wusste, ich würde seine Liebe eines Tages fühlen, und er wusste auch, dass ich eines Tages zu ihm kommen würde.« Ich muss wohl unbewusst gelächelt haben, denn Peter sagt plötzlich:»Die Sonne scheint in Deinem Gesicht. Schade, dass ich Dein Glück nicht länger miterleben darf. Wirklich schade. Ich wäre gerne Euer Trauzeuge geworden.« –»Bist Du Dir so sicher, dass ich ihn heiraten werde?« Meine Stimme zittert. Ich kämpfe mit den Tränen. Verdammt, nur jetzt nicht weinen!»Du musst Deine Tränen nicht unterdrücken. Heul einfach drauf los, und ich weine mit, dann ist vielleicht unser Abschied nicht ganz so heldenhaft, aber mag sein, er ist dann leichter«, sagt Peter und blickt zu Ulla hinüber, die wie versteinert zum Fenster hinausstarrt.»Komm, lass uns endlich zusammen weinen, meine Ulla.« – Noch nie zuvor im Leben habe ich Tränen vergossen und dabei eine solche Erleichterung empfunden wie an diesem Vormittag im Krankenhaus am Sterbebett meines Freundes.

Ulla fährt mich nach Hause, es ist später Nachmittag. Ich klingle bei Mathilda, um ihr ein wenig von Fuerte, vielleicht von Carlos und bestimmt von meinem kranken Freund Peter zu erzählen. Mathilda bittet mich, zum Abendessen zu bleiben, und Phillip holt eine seiner letzten ›nur noch im äußersten Notfall zu opfernden Rotweinflaschen aus Chile‹ aus der hintersten Ecke seines wohl behüteten Weinkellers hervor. Der Abend ist sehr nett, doch ich bin nur noch müde. Früh schon gehe ich ins Bett, mit eiskalten Füßen und sehnsüchtigem Herzen. Noch in der Nacht hat Phillip die Batterie meines Autos wieder aufgeladen. »Es kann nicht sein, dass Du mit einem Taxi umhergefahren wirst und Dein eigenes Auto bleibt in der Garage stehen, weil es nicht mehr anspringen will. In diesem ›speziellen äußersten Notfall‹ greife ich gerne zu meinem luxuriösen Heimwerkerkasten und sehe nach, was ich machen kann.« – Wenn Phillip nicht seine ›äußersten Notfälle‹ hätte …

Das Auto springt am Morgen wieder tadellos an, ich fahre damit zum Supermarkt und kaufe die wichtigsten Lebensmittel für die nächsten paar Tage ein, räume dann zu Hause alles in den Kühlschrank und fahre zu Peter. Er schläft tief und fest, niemand ist bei ihm, kein Besuch, kein Arzt, auch keine der verständnisvollen Krankenschwestern. Das Zimmer ist abgedunkelt, die Gardinen sind vorgezogen. Ich erschrecke plötzlich furchtbar und denke, Peter ist schon gegangen, dann erkenne ich Infusionsflaschen und sehe, dass sie tropfen. Erleichtert atme ich durch. Die Stationsschwester kommt herein: »Ihr Freund litt unter großen Schmerzen heute früh, der Herr Doktor hat nun ein stärkeres Schmerzmittel angeordnet, es wird laufend zusammen mit der Flüssigkeit aus den Infusionsflaschen in den Blutkreislauf abgegeben. Ihr Freund wird nun sehr viel schlafen. Bleiben Sie einfach bei ihm sitzen, er wird Ihre Nähe spüren. Sie können auch mit ihm sprechen, auch wenn es scheinen mag, dass er immerzu schläft, er wird trotzdem einiges von dem, was Sie ihm erzählen, aufnehmen.« Dabei schiebt sie einen Stuhl ans Bett zu Peter. »Nur Mut, setzen Sie sich zu ihm und beginnen Sie mit Ihrer Geschichte.« Mit diesen

Worten verlässt Sie den Raum und schließt die Türe hinter sich.

»Peter, ich soll Dich von Carlos grüßen, und ich soll Dir sagen, er würde Dich kennen und schätzen, auch wenn Ihr Euch noch nie gesehen hättet. Er würde Dich kennen, weil Du mein Freund wärst, weil Dich, Ulla und mich Jahrzehnte tiefer Freundschaft verbänden. – Er kennt Dich, weil er mich kennt. – Und er weiß, was dies für Menschen sind, die einen festen Platz in meinem Herzen haben.

Carlos ist ein schöner Mann, ein Spanier durch und durch, stolz und aufrecht. Er ist Anfang sechzig, trägt seine dunklen Haare, die ein wenig grau an den Schläfen sind, ganz kurz geschnitten, Stoppelhaare, hat einen mehr hellgrauen als dunklen Sieben-Tage-Bart, wunderschöne Männerhände und tiefbraune Augen wie Samt. Sein Blick ist weich und zärtlich, manchmal verschlossen, doch nie hart. Wenn er mich necken will, funkelt der Schalk in seinen Augen, und blickt er ins Licht, kann ich goldenen Honig in ihnen finden. – Weißt Du, Peter, zuerst verliebte ich mich in dieses männlich-markante Gesicht mit den Augen, in denen ein ganzes Weltreich zu finden ist.

Ja, Du hast Recht, ich liebe ihn sehr. Ich denke, dass es immer nur er war, nach dem ich überall suchte und den ich mein ganzes Leben lang schon liebte. Nun muss ich nicht mehr suchen … Auch nicht mehr nach Walpis Gesang … Ich trage sie beide in meinem Herzen, Carlos und Hopi. Beide kann ich nie mehr verlieren. Mein Suchen hat ein Ende.

Carlos lebt schon seit mehr als zwanzig Jahren auf Fuerteventura. Es zog ihn weg vom Festland, weg von der Großstadt Barcelona, wo er ein renommiertes Hotel leitete, das schon seit Generationen im Besitz seiner Familie ist. Er wollte raus aus der Enge, raus aus aufgedrückten Verhaltensmustern, raus auch aus einer aufgezwungenen Standesehe, die unglücklich blieb, doch zum Glück auch kinderlos. Carlos flog nach Fuerte, setzte einen Fuß auf die Insel, dann den zweiten, er hatte ein gutes Gefühl, und er blieb und eröffnete ein kleines Restaurant. – Ramon, damals in Barcelona sein Chefkoch, besuchte ihn eines schönen Tages dort, verliebte sich in das kleine, romantische, liebevoll eingerichtete Lokal, fing an, in der noch kleineren Küche zu kochen und hat seitdem nicht mehr damit aufgehört. Ramon ist ein absoluter Meister seines Fachs und obendrein ein Künstler, seine Kreativität kennt keine Grenzen. Carlos führt die Geschäfte, sehr souverän leitet er das Restaurant, begrüßt persönlich alle Gäste, spricht mit jedem Einzelnen ein paar freundliche Worte, hat stets offene Ohren und Zeit für Menschen, die bei ihm ihr Herz ausschütten wollen, und immer gebende Hände. Carlos fütterte schon so manchen armen Kerl durch, der an seiner Tür vorbeigekommen ist.«

Peter erwacht, richtet sich im Bett auf, und fragt mich vorwurfsvoll: »Was machst Du denn noch hier? Du solltest doch schon längst Dein Hochzeitskleid angezogen haben, geschminkt und gekämmt sein. Du darfst Deine Gäste nicht warten lassen, und auch nicht Carlos, nie und nimmer, er musste schon viel zu viele Jahre auf Dich warten, nun ist's genug für ihn! Wo ist mein dunkler Anzug? Ach verflixt, warum habt Ihr mich auch nicht früher aufgeweckt! Geh! Und rufe Ulla! Sie soll mir schnell meinen dunklen Anzug bringen. Hoffentlich ist s i e wenigstens schon fertig angezogen, dann kann sie uns beiden helfen!« Völlig erschöpft sinkt Peter in die Kissen zurück und schläft den fast ohnmächtigen Schlaf des Sterbenden.

Ich nehme Peters dünn gewordene Hände in die meinen, lange halte ich sie ganz fest, bis ich sprechen kann:»Lieber Peter, sei ganz ruhig, die große Kraft, die uns alle trägt und hält, wird Dich bald in eine andere Zeit hinforttragen. – Du wirst aus diesem kranken Körper schlüpfen, wirst andere Kleider anziehen, und – in einem neuen Leben werden wir uns wieder begegnen und uns wieder als Freunde erkennen.« Mit klarer, heller Stimme nehme ich Abschied von Peter.»Leb wohl, mein Freund. Auf Wiedersehen.«

Obwohl ich gerne zu Ulla fahren möchte, treibt es mich nach Hause, in meine eigenen vier Wände. Ich hole den großen Aquarellblock aus dem Regal, die dicken Pinsel ünd mehrere Gläscr mit Wasser. Ich male dunkle Wolkenbilder, Wolken und nachtschwarzes Meer; ich weiß nicht, wie viele an der Zahl es schon sind, bis plötzlich weiße Wolken stehen bleiben, und eine rote Sonne taucht ein ins dunkle Meer. Mein letztes Aquarellbild ist eine große, glutrote Sonne. Ich habe losgelassen.

Sorgfältig wasche ich die dicken Pinsel mit klarem Wasser aus, auch die Wassergläser, trockne dann alles ab und räume es zurück ins Regal. Der Malblock ist dünn geworden, nur noch ein einziges Blatt ist in ihm, auch ihn lege ich wieder an seinen Platz. Die inzwischen getrockneten Aquarellbilder versehe ich mit Datum, sie kommen in die große Mappe zu den anderen. – Aufgeräumt. – Nun bin ich bereit für das, was kommen wird. Ich kann Ulla von meiner Kraft geben.

Rosarot ist die Abenddämmerung hereingebrochen, es ist

nicht mehr nur grau in grau. Schnell verflog der Tag. Die Nacht wird lang. Ulla wartet. Ich will bei ihr sein. –

Das Telefon klingelt um halb fünf. Ulla nimmt den Hörer ab. »Danke, Schwester Mona, ich bin gleich da.« Wortlos greife ich nach meinen Schlüsseln, meiner Handtasche, helfe Ulla in eine Jacke. Schweigend fahren wir ins Krankenhaus. Irreal, unwirklich ist die Stunde, wie ein seltsamer Traum. »Lass mich ein paar Minuten allein sein mit Peter«, bittet mich Ulla, als wir auf der Pflegestation angekommen sind, auf der Peter liegt. Ich gehe den Flur entlang zu einer kleinen Sitzgruppe mit dunkelroten Sesseln, die zwischen zwei Gummibäumen stehen. Ein großes Fenster blickt hinunter auf die Stadt mit ihren Lichtern, bald wird der Morgen dämmern, dann werden sie alle verloschen sein. Ich denke an Carlos, stelle mir vor, die Lichter der City wären die Sterne am Himmel auf Fuerteventura, wir lägen am Strand, unsere Blicke wanderten zum Firmament. Sternschnuppen und Sterne. Die Bilder, die ich gestern malte, kommen mir wieder ins Gedächtnis. »Wie gut, dass Du Dir alles von der Seele malen kannst«, sagte Carlos einmal. »Das war nicht immer so«, entgegnete ich. »Es gab eine Zeit in meinem Leben, da ging es nicht mehr nur mit Malen, damals fing ich zu schreiben an. Die Sehnsucht nach Arizona, das Heimweh nach Hopi, die Schönheit der Schöpfung, Erinnerungen ließen den Stift übers Papier gleiten. Die Worte flossen aus meiner Seele und formten sich zu Gedichten, zu Liedern. Und sie trugen Musik mit sich. Ein wunderbarer Mensch konnte die Melodien hören, und er hörte auch die Trommeln, und er begann die Musik zu spielen, die Lieder zu singen. Und ich fing wieder zu malen an, mit dicken Pinseln auf großem Papier.« –

Jemand legt mir seine Hand auf meine Schulter. Es ist Schwester Mona. »Ihre Freundin möchte, dass Sie nun kommen.«

Peter muss nicht länger kämpfen. Als der Morgenstern verblasst, erlischt auch Peters Licht.

Ullas Tränen sind versiegt, wie das Wasser versiegt in der Wüste.

Die Erde nahm Peters Hülle auf.

Peters Seele ist frei.

Im Meer schwimmt die Wüste …

Fuerteventura. Nachtanflug. Meer und Insel sind kaum voneinander zu unterscheiden, sie fließen ineinander über. Carlos steht da und erwartet mich mit Tränen in den Augen, die Knospe einer Kakteenblüte in der Hand. »Sie ist eine Nachtblume. Sie wird einen zarten Duft verströmen, wenn sie zu voller Schönheit aufgeblüht sein wird. – Heute Nacht. In dieser Nacht noch.« Leise sagt er diese Worte, flüstert sie in mein Haar. Wir halten uns ganz fest umschlungen, als ob wir uns nie mehr loslassen wollten. Wir sind wie das Meer und die Insel, es gibt keine Abgrenzung mehr, wir fließen ineinander. Die Welt um uns versinkt, der Flugplatz, die Menschen. Wir beide sind ganz alleine in Raum und Zeit. »Ich will den blauen Stein, den Du mir schenktest, fassen lassen. Ich will ihn spüren auf meiner Haut und tragen an einer goldenen Kette. – Einer Kette, die nun keine Kette mehr für mich sein wird. – Ich liebe Dich, Carlos.«

Im Dunkeln liegt das kleine Haus am Strand. Mir ist, als ob es unsichtbare Arme hätte, die es nach mir ausstreckt, um mich darin zu bergen, in den Schlaf zu wiegen, den ich schon seit Peters Tod kaum mehr fand. Hinter den Fenstern zur Veranda brennt ein Licht, sein warmer Schein dringt gedämpft durch die vorgezogenen Gardinen nach draußen. Der Atem der Nacht ist sanft und riecht nach Meer und Wüste. Ich stehe auf der Veranda, schließe meine Augen und weiß, ich bin auch hier zu Hause. Hier, und in Arizona, in Deutschland, und vielleicht sogar überall. Es ist Carlos, der mein Zuhause ist. Es ist seine Liebe.

Carlos öffnet die Verandatüre. »Möchtest Du noch eine Weile draußen sitzen? – Oder wärst Du gerne alleine?«, fragt er vorsichtig. Ich schüttle den Kopf. »Nein, Carlos, ich will nur in Deine Arme. Du sollst mich halten.«

Auf dem Esstisch stehen zwei bauchige Gläser mit hohen Stielen neben einer schon entkorkten Flasche alten Rotweins. Auf einem großen Glasteller duften reife kleine Tomaten, liegen schwarze Oliven, Butterbällchen schwimmen in Eiswasser in einer Schale, und herrliches Brot liegt auf einem Holzbrett und wartet darauf angeschnitten zu werden. ›Für Dich, mi corazón,‹ steht auf einer weißen Papierserviette geschrieben neben einem roten Herzen. Carlos beobachtet mich. Ich setze mich an den Tisch und stecke mir eine Tomate in den Mund, dann lächle ich ihn an und sage leise: »Danke.« Er schenkt den Rotwein in die wundervollen Gläser, plötzlich hält er inne, schaut mich an und sagt ganz langsam: »Weißt Du, am allermeisten vermisste ich Dein Lächeln.« – »Du magst mein Lächeln?«, frage ich ihn. Er nickt. »Wenn Du Indianer wärst und Dein Volk wüsste um Deine Liebe zu meinem Lächeln, würden Deine Brüder und Schwestern Dir vielleicht nun einen neuen Namen geben. Dann würden sie Dich ›Der ihr Lächeln liebt‹ nennen. – Einst lebte ein Indianer, er trug diesen Namen.« Und ich erzähle Carlos aus der Vergangenheit.

›Der ihr Lächeln liebt‹

Sie nannten ihn ›Der ihr Lächeln liebt.‹
Sie nannten ihn Wildheit.
Keiner hat ihn jemals wirklich besiegt.
Sie nannten ihn Freiheit.

Er kämpfte um die Gerechtigkeit
und für die Würde seines Volkes.
Er kämpfte gegen die Mächtigen.
Und er ertrank in den Wassern des Stromes.

Er kämpfte seinen aussichtlosen Kampf,
damit die Hoffnung weiterlebt in seinem Volk.

Sie nannten ihn ›Der ihr Lächeln liebt‹,
und keiner hat ihn jemals wirklich besiegt.

Die Nachtblume, die Carlos mir zur Begrüßung schenkte
und die ich in eine Glasschale mit Wasser legte und auf den
Esstisch stellte, beginnt ihre Blütenblätter zu öffnen. Langsam, vorsichtig, als hätte sie Angst verletzt zu werden, ent-

faltet sie Blatt um Blatt, biegt die strahlend weißen Spitzen nach außen und offenbart uns ihr Innerstes. Ein zarter Duft erfüllt den Raum, als ich sie im Schlafzimmer auf das Tischchen neben unserem Bett stelle.

Tage des Glücks und Nächte der Liebe reihen sich aneinander wie Perlen auf einer Schnur. Der Zeitpunkt, an dem ich ursprünglich wieder zurück in Stuttgart sein wollte, ist schon längst überschritten, doch ich will noch immer nicht an Rückkehr denken, obwohl ich es dringend müsste, denn ich weiß, es gibt dort inzwischen viel zu tun für mich. Die Mappe mit den Aquarellen, die ich in diesem Sommer auf Fuerte malte, quillt über, einige Bilder davon sollten zur Galerie gebracht werden. Im Schreibtisch wartet das fertige Manuskript eines weiteren Buches von mir darauf, dass ich es dem Verlag einsende. Dann sollte ich die in Monaten angesammelten Büroarbeiten erledigen, und so weiter … ich mag jetzt nicht darüber nachdenken, doch ich habe ein ungutes Gefühl.

Es ist Mitte Oktober, ein Freitagmorgen, und sanftes Tageslicht weckt uns. Ich habe nicht gut geschlafen, hatte die ganze Nacht merkwürdige Träume, aus denen ich immer wieder völlig durchgeschwitzt erwachte, und nun habe ich einen Druck auf meiner Brust – man könnte es auch Angst nennen. Wie jeden Tag in den letzten Wochen füttert Carlos zuerst die Katze, bevor er sich zu mir an den Frühstückstisch auf der Veranda setzt. Er spricht mit ihr und streichelt sie, devot legt sie sich dann auf den Rücken und lässt sich von ihm den Bauch kraulen. Die beiden begruben endgültig das Kriegsbeil während meiner zehntägigen Abwesenheit. Carlos fütterte sie und bestach sie, indem er ihr die feinsten Leckerbissen, Fisch, Fleisch, Käse mitbrachte. Nun liebt sie ihn mehr als mich.

»Was ist mit Dir los, mi corazón? – Du siehst müde aus und Deine Augen blicken traurig. Willst Du mir nicht sagen, was Dich bedrückt?« Carlos streichelt meine Wangen, küsst mich aufs Haar und gibt sich mit meinem Achselzucken als Antwort auf seine Fragen nicht zufrieden. »Habe ich Dir wehgetan?« Seine Augen forschen in meinem Gesicht. Er nimmt meine Hände in die seinen. »Ist Dir kalt? Deine Finger sind ja wie Eis! Ich werde Dir eine Jacke holen.« Er läuft ins Schlafzimmer, kommt mit seiner Lieblingsjacke zurück und hängt sie mir um. Er lässt mir Zeit, drängt mich nicht zu einer Antwort. Ich trinke eine Tasse heißen Tee und weiß nicht, wie ich es ihm sagen kann, dass ich längst schon wieder in Stuttgart sein sollte, weil dort meine Arbeit auf mich wartet, und dass ich bald abreisen muss, obwohl ich es nicht will. »Ich weiß, der Sommer ist zu Ende«, sagt er plötzlich zu meiner Überraschung. »Du musst zurück nach Deutschland zu Deiner Arbeit, zurück in Deinen normalen Alltag. Ich ahne schon seit Tagen, dass Du mir dies sagen willst, Dich aber nicht getraust aus Furcht vor den Folgen. – Könntest Du Dir nicht auch ein normales Alltagsleben auf Fuerteventura vorstellen? Mit allem, was dazugehört? – Leben in einem richtigen großen Haus, mit Arbeitszimmer und Atelier für Dich, und mit einer großen Küche, in der gekocht, gegessen, geredet, gelebt wird. Und in dieser Küche wäre ein Koch, der Dir jeden Wunsch von Deinen wunderschönen Augen ablesen würde, den Du nur mit Deinem Lächeln belohnen müsstest und er wäre der glücklichste Mensch auf der ganzen weiten Welt. Das Haus hätte ein

Schlafzimmer mit einem großen Himmelbett. Morgens würde die Sonne Dein Näschen küssen und Dich wecken. Nachts würde der Mann, der Dich mehr liebt als sein Leben, Dich in seinen Armen halten, und Ihr würdet Euch lieben, und alle Zeit und Raum und Wirklichkeit vergessen. – Hand in Hand würde er mit Dir über die weiten Strände von Fuerte laufen, würde Dich nie mehr loslassen. – Er wäre mit Dir bis ans Ende aller Tage, bis ans Ende der Zeit. – Heirate mich, mi corazón.« Mein Herz klopft wie wild, mein Puls rast, mein Atem fliegt, meine Wangen glühen, und ich höre mich sagen: »Ja, Carlos, ich will Dich heiraten. Ich möchte Deine Frau werden, mein Leben mit Dir teilen, bei Dir bleiben, mit Dir sein, bis …«

Freitag, schon seit Wochen der ›Freundinnentag‹ für Anna, Laura und mich. Heute treffen wir uns am frühen Nachmittag bei Anna. Wir wollen unter ihrer Anleitung zusammen töpfern. Anna vermisst Felix immer noch, und obwohl es nun Wochen her ist, dass er wieder zurück nach Deutschland reiste, modellierte sie dieser Tage eine weitere Büste, die unverkennbar die markanten Gesichtszüge von Felix aufweist. Sie verlor nie viele Worte über diese Freundschaft, doch war es wohl beiderseits eine ganz besondere und sehr tief gehende Beziehung. Ich bin unkonzentriert, immer wieder fällt mir etwas aus den Händen. »Was ist nur heute mit Dir los«, schimpft Laura, »hast Du keine Lust etwas zu tun? – Geht es Dir nicht gut«, dabei schaut sie mir prüfend ins Gesicht, »denn ein wenig blass bist Du ja schon um die Nase. Gab es womöglich den ersten Streit mit Carlos?« – »Nein, ganz im Gegenteil«, antworte ich. »Na, dann wird's wohl zu viel Liebe gewesen sein!« Laura grinst mich von der Seite an. Anna forscht in meinem Gesicht, dann sagt sie: »Es ist wohl schwerwiegender, ich kann's in Deinen Augen sehen. Möchtest Du uns nicht sagen, was passiert ist?« – »Carlos will mich heiraten, und ich hab ›Ja‹ gesagt. – Aber es ist alles nicht so einfach für mich«, bricht es aus mir heraus. – »Wenn Du ihm Dein Jawort gegeben hast und dies aus Deinem tiefsten Herzen kam, was ist dann schwierig?«, fragt Anna, und Laura meint: »Wenn Du ihn wirklich liebst und bei ihm bleiben willst, warum ist es dann nicht einfach für Dich?« Ich schweige, überlege, wie ich meine Gefühle in Worte fassen kann: Diese Unruhe, die mich plötzlich überfiel auf der Fahrt hierher zu Anna. Diese Angst davor, nie mehr ganz nur ich selbst, nie mehr unabhängig und frei zu sein, wie ich es Jahre lang war, und dann wiederum, Sekunden später, dieses unbändige Verlangen danach, mit Carlos für immer mein Leben zu teilen und dies auch mit allen Konsequenzen. Ich lege das Stück Ton, das ich in den Händen halte, unfähig daraus etwas zu formen, zurück zu dem großen Klumpen auf den Boden und erhebe mich von dem Drehstuhl. »Entschuldigt mich, es geht heute nicht, ich muss nachdenken und Ordnung in dieses Durcheinander von Gedanken bringen.«

Zurück im Strandhaus wechsle ich nur schnell Kleider und Schuhe, es zieht mich hin zu den hohen Wellen an der Westküste, zu der wilden Brandung, zum Wind, der dort unaufhörlich bläst.

Dort im Meer sollen meine Gedanken schwimmen.

Von den Wellen an den Strand gespült
soll sie der Wind mir wiederbringen.

Klarheit soll der Wind mir bringen.

Lange Zeit sitze ich auf dem Felsen hoch über der Brandung und blicke hinaus aufs Meer. Der Horizont lässt sich nur erahnen, ein blaugrauer unendlicher Raum öffnet sich vor mir. Das Meer wird zum Himmel, und der Himmel wird zum Meer, und im Meer schwimmt die Wüste. Ich sehe Arizona für einen Augenblick, doch ein anderes Bild schiebt sich davor. Es ist Fuerteventura, die Steilküste bei Ajuy, die Bucht mit den Fischerbooten, die Höhlen. Das Bild wird zum Strand von Cofete. Ich sehe den schwarzen Fels in der Brandung. Ein Mann läuft barfuß in dem Sand aus Lava – es ist Carlos. Er ruft mich, eine Hand in der Hosentasche, in der anderen hält er einen Seestern. Ich sehe sein wunderschönes ernstes Gesicht, seine dunklen Augen – ein ganzes Weltreich liegt in ihnen. Und plötzlich sehne ich mich nach seiner Umarmung, nach seiner Nähe. Und da entschwindet auch dieses Bild, und ein Adler zieht seine Kreise über der roten Wüste Arizonas. Er hält eine Feder in den Fängen, fliegt damit her zu mir, stößt über mir seinen Ruf aus und lässt die Feder fallen. Das laute Donnern der mächtigen Flutwellen, die an die Klippen prallen, bringt mich wieder zurück in die Wirklichkeit. Mein Blick gleitet über die Felsen auf der

Suche nach der Feder, die Sinnbild ist für Freiheit bei allen Indianerstämmen. Ich höre ein Geräusch, ein losgetretener Stein ist ins Rollen gekommen, und blicke hoch. Carlos steht da, nur ein paar wenige Meter von mir entfernt, eine kleine weiße Feder in der Hand, und fragt: »Suchst Du nach ihr?« Verwundert schaue ich ihn an, sprachlos, und denke, dass dies nicht wirklich ist, was gerade geschieht. Doch Carlos spricht weiter: »Ich bin schon eine ganze Weile hier. Ich setzte mich hin, betrachtete Dich und wartete darauf, dass Du aus Deinen Visionen erwachst. – Ich wollte heute früher als sonst wieder bei Dir sein. – Weil Du nicht im Strandhaus warst, rief ich bei Anna an. Sie sagte mir, Du hättest Dich bereits nach einer Stunde von Laura und ihr verabschiedet. Du wärst sehr unruhig gewesen und hättest gesagt, Du müsstest Ordnung in Deine Gedanken bringen. – Da wusste ich, dass ich Dich hier finden würde.« Carlos schweigt. Ich schweige immer noch, blicke ihn nur an. »Du suchtest sie, nicht wahr?« Und dabei nimmt Carlos meine linke Hand, öffnet sie und legt die kleine weiße Feder hinein. Er weiß um die große Bedeutung einer Feder, nicht nur bei den Indianern, auch bei mir, einmal erzählte ich ihm davon, er hat es nicht vergessen. »Du musst nicht Angst haben um sie«, sagt er, »Du wirst sie bei mir nicht verlieren. Und will der Sturm sie fortreißen, halten wir sie zusammen fest. Und wenn unsere Hände einmal zu schwach gewesen sein sollten, um sie ganz fest zu halten und sie davonflog, dann hole ich sie für Dich zurück.« – Ich habe keine Angst mehr, die Feder ruht in meiner Hand, die Carlos fest umschließt.

Nachtwolken formen sich am Horizont, und ein friedvolles Dunkel zieht vom Meer zum Land. Die blaugraue Unendlichkeit wird zum blassvioletten Abschied des Tages.

Seite an Seite steigen wir den Hügel empor, zurück zu unseren Autos. Und wieder habe ich dieses ganz besondere Gefühl, das mich so oft ergreift, wenn Carlos in meiner Nähe ist: Ich fühle Geborgenheit, Wärme, Schutz. – Ich muss nicht immer nur stark und selbstbewusst sein – ich darf auch schwach sein. – Ich muss mich auch nicht ständig in Acht nehmen und auf mich selbst aufpassen – da ist jemand, der es für mich tut, und ich kann und darf einfach loslassen. – Ich fühle so sehr seine Liebe.

Wir fahren hintereinander her auf der Landstraße. Es ist nur eine kurze Fahrt zum Strandhaus, nur eine Viertelstunde. Carlos fährt ein Stück vor mir. Die Straße ist nicht sehr breit und führt an einem Abhang entlang, dann macht sie eine scharfe Kurve nach links um einen Hügel, der die weitere Sicht auf den Verlauf der Straße versperrt. Carlos tritt voll auf das Bremspedal und zieht zugleich seinen Wagen nach rechts an den Straßenrand, als ihm aus der Kurve heraus ein Fahrzeug entgegenkommt, das sich mit hoher Geschwindigkeit bereits in der Mitte der Fahrbahn befindet. Das Fahrzeug kommt ins Schleudern, rast auf den Wagen von Carlos zu, prallt auf ihn seitlich auf und schiebt ihn dabei über den Rand des Abhangs. Ich sehe, wie sich Carlos' Wagen überschlägt, als er in den Abgrund stürzt, muss dann mit aller Macht selbst auf meine Bremse treten und mein kleines Auto nach rechts ziehen, denn dieser Wahnsinnige steuert nun direkt auf mich zu. Irgendwie schaffe ich es, dass er an mir vorbeikommt, bringe mein Auto zum Stehen, steige aus und renne zu der Stelle, an der Carlos mit seinem Wagen in den Abgrund stürzte. Ungefähr zehn, zwölf Meter tiefer ist

Carlos' Wagen liegen geblieben, ein großer Felsbrocken hat das Weiterrutschen verhindert. Ich will, ich muss den Abhang hinunter klettern zu Carlos, doch es ist ein so steiles und unwegsames Gelände, dass ich immer wieder ausrutsche und falle; auch ist die Nacht hereingebrochen und es ist sehr dunkel, der Mond lässt sich noch nicht blicken, ich kann gar nicht ausmachen, wohin ich trete. Oben auf der Straße fährt ein Auto vorbei. Ich höre, wie es anhält und wieder zurückkommt. Dann höre ich Autotüren schlagen und Rufe. Ich brülle laut um Hilfe, da trifft mich der suchende Lichtstrahl einer Taschenlampe. Ein Mann steigt sofort herunter zu mir, einen anderen Mann höre ich telefonieren, wahrscheinlich ruft er die Polizei. Zum ersten Mal in meinem Leben bin ich wirklich froh, dass es Handys gibt, und auch, dass diese eine so weite Verbreitung gefunden haben. Als der Mann näher kommt, erkenne ich, dass er ein Polizist ist. Er fragt mich irgendwas, das ich nicht verstehen kann; in meinem Schockzustand habe ich die wenigen spanischen Worte, mit denen ich normalerweise ganz gut zurechtkomme, total vergessen. Der Polizist rennt weiter nach unten zu Carlos' Wagen. Der andere Polizist kommt nun auch dahergestürzt, sagt mir im Vorbeirennen etwas von »Ambulanz kommt« und ist damit schon weitergerutscht. Ich rutsche ihm einfach blindlings hinterher. Carlos' Auto sieht übel aus. Das Dach ist eingedellt, die rechte Seite ebenfalls, doch zum Glück ist es nach dem Überschlag wieder auf allen vier Rädern gelandet. Da die linke Seite nur hinten stark beschädigt ist, kann die Fahrertüre von den Polizisten ohne größere Probleme geöffnet werden. Carlos hängt bewusstlos im Sicherheitsgurt, über sein Gesicht läuft Blut. Seine Arme baumeln wie bei einer Marionette leblos am Körper, als die vier rettenden Hände ihn aus dem Autowrack bergen und ihn abseits der Gefahrenzone, das Fahrzeug könnte möglicherweise explodieren, auf eine Decke an den steinigen Abhang legen. Ich beuge mich über ihn und rufe seinen Namen und hoffe inbrünstig, dass er aus seiner Ohnmacht erwacht. Ich frage mich, wie lange es wohl braucht, bis Ambulanz und Arzt eintreffen. Und immer wieder rufe ich: »Carlos! Carlos wach auf! – Komm zu Dir, Carlos! Komm zurück!« Vorsichtig berühren meine Finger sein Gesicht; ich habe Angst ihm wehzutun und auch Angst etwas falsch zu machen und den Schaden womöglich noch zu vergrößern. Wie ein Hauch ruht mein Mund für eine Sekunde auf dem seinen. Das Blut, das ihm von der Stirne herunter über das ganze Gesicht rinnt, benetzt meine Lippen, vermischt sich mit meinen Tränen, und ich flehe: »Bitte, nimm ihn mir nicht fort!« – Und dann beginne ich hemmungslos zu weinen und will nicht mehr aufhören. »Wie lange braucht es denn noch, bis endlich ein Arzt und der Krankenwagen eintreffen?!«, frage ich verzweifelt den Polizisten, der gerade Carlos mit einer Folie zudeckt, die gegen Hitze und Kälte schützt. »Sie werden gleich hier sein«, sagt er beruhigend und läuft wieder weg. Ich schaue nach oben zur Straße, ob ich irgendwo die blinkenden Einsatzlichter des Ambulanzwagens entdecken kann, da höre ich Carlos leise stöhnen, sehe, dass er versucht, den Kopf zu bewegen. Er ist aus seiner Bewusstlosigkeit erwacht. Ich beuge mich wieder über ihn und rufe: »Carlos! Carlos, ich bin hier, ich bin bei Dir! Sieh mich an! Versuche Deine Augen zu öffnen und mich anzusehen!« Carlos' Augen sind so stark zugeschwollen, dass er sie nur auf Schlitzweite aufzumachen vermag, doch er kann mich erkennen, sein Gesichtsausdruck lässt es mich wissen, denn er versucht ein Lächeln. – Aus der Ferne sind endlich die Sirenen der Ambulanz- und Notarztwagen zu vernehmen.

Sie bringen Carlos nach Puerto del Rosario in das große Krankenhaus der Insel. Nach einer ersten Notversorgung vor Ort und nach ziemlichen Schwierigkeiten beim Transport der Tragbahre, auf der Carlos angeschnallt lag, nach oben auf die Straße zum Krankenwagen – die Sanitäter sind immer wieder auf dem Untergrund aus Geröll an dem Steilhang ausgerutscht – fahren sie mit ihm nun nach Rosario. Ich lenke mein Auto hinter dem Ambulanzfahrzeug her, verliere es aber aus meiner Sichtweite, als ich an einer roten Ampel anhalten muss, und werde es wohl auch nicht mehr einholen können, es fährt viel zu schnell für meinen kleinen Wagen. –

Solange die Tragbahre mit Carlos den Abhang hinauf transportiert wurde, sah sich der Arzt auch meine Verletzungen an, die ich mir beim Abstieg und Hinfallen auf dem steilen Hang zuzog. Nur Kratzer und Schrammen, blaue Flecken und ein paar Stacheln, die von einem Kaktus herrühren und die mir später im Krankenhaus entfernt werden sollen. Eine Tetanusimpfung soll ich dort für alle Fälle auch noch bekommen, denn ich wusste dem Arzt nicht zu sagen, wie lange es her ist, seitdem ich zum letzten Mal eine bekam.

Carlos liegt noch immer im Operationssaal. – Schon seit mehr als zwei Stunden sitze ich hier in einem Vorraum zum Operationsbereich, nachdem ich in der Ambulanz ärztlich versorgt und wieder entlassen worden war. Ich sitze total angespannt auf einem harten Stuhl und warte darauf, dass endlich die Türe aufgeht und einer der Ärzte kommt und mir mitteilt, wie es Carlos geht, welche Verletzungen er davontrug – und mir auch hoffentlich erlaubt, ihn zu sehen.

Die Türe zum OP-Bereich wird geöffnet und ein großer, ernsthaft wirkender Mann von etwa fünfzig, sechzig Jahren in OP-Kleidung tritt ein. Er begrüßt mich mit einem kurzen Kopfnicken und stellt sich vor: »Ich bin Pablo Da Silva.« – Dr. Dr. Pablo Da Silva – diesen Namen las ich heute Abend auf der Infotafel am Eingang zum Krankenhaus. Weiter stand dort zu lesen: Chefarzt der Chirurgie. Ich erschrecke, denke mir, dass Carlos sehr schwer verletzt sein muss, wenn der Chefarzt selbst zu mir kommt, um mit mir zu sprechen. »Sie sind also Carlos' große Liebe«, beginnt er ganz langsam zu meiner großen Überraschung zu sagen, dabei hat er ein kleines Lächeln in den Augenwinkeln. »Genauso wie Sie hier jetzt vor mir stehen, hat er Sie mir auch beschrieben. – Ihretwegen muss ich schon seit Monaten auf philosophische Gespräche und herrliche Diskussionen mit Carlos verzichten. Sie müssen wissen, er und ich saßen gewöhnlich ein bis zwei Mal im Monat bis in die späte Nacht zusammen. – Wenn er sich nach dem Essen zu mir an den Tisch setzte, eine besondere Flasche entkorkte, der Wein die Kehlen hinunterfloss und unsere Gedanken beflügelte, da maßen sich unsere Geister! – Doch nun zieht es ihn so sehr zu Ihnen, dass ein tiefer gehendes Gespräch einfach nicht mehr zustande zu bringen ist.« Ich sehe ihn nur mit fragenden Augen an. »Ja, ja«, sagt er, »Sie dürfen gleich zu ihm. Er schläft noch von der Narkose, aber es geht ihm den Umständen entsprechend ganz gut. Er hat großes Glück gehabt. Außer einigen Brüchen am rechten Bein und rechten Arm, einer ausgekugelten rechten Schulter, einer größeren Platzwunde an der Stirn, und einer mittelschweren Gehirnerschütterung konnten wir keine weiteren Schäden an ihm feststellen. Innere Verletzungen lassen sich ausschließen, es funktioniert alles bestens, doch ich behalte ihn noch für zwei, drei Tage bei mir auf der Intensivstation zur weiteren Beobachtung, um alle Risiken auszuschließen. – Ich operierte seine Wadenbeinfraktur selbst, nähte auch die Platzwunde und war beim Eingipsen dabei; das war ich ihm schuldig. – Er ist ein verdammt zäher Bursche – und ein wahrer Freund. – Die Liebe zu Ihnen und eine ganze Schar von Schutzengeln hat ihn vermutlich vor viel Schlimmerem bewahrt. – Und nun machen Sie, dass Sie hier rauskommen und schleunigst dorthin gehen, wo Sie hingehören.« Er reicht mir einen weißen Kittel. »Den allerdings sollten Sie vorher noch über Ihre Kleider ziehen. Und dort in der Ecke ist ein Waschbecken, Sie sollten sich auch noch Hände und Gesicht waschen, denn ich vermute, Sie werden sich nicht davon abhalten lassen, den Kerl zu küssen!« Er schmunzelt, und ich befolge brav seine Anweisungen.

Jemand fasst mich an der Schulter, ich muss wohl auf dem Stuhl an Carlos' Bett eingenickt sein, und sagt: »Sie sollten sich etwas hinlegen, es kann noch länger dauern, bis unser Patient aufwacht. Dort hinten ist ein kleiner Raum mit einer Liege, da dürfen Sie sich gerne ausruhen. Ich werde Sie rufen, wenn sich sein Zustand ändert.« Es ist eine der Nachtschwestern der Intensivabteilung; ich muss einen erbärmlichen Eindruck auf sie machen.

Frühes Morgenlicht stiehlt sich durch die Ritzen der heruntergelassenen Jalousien und weckt mich auf. Ich weiß zuerst nicht, wo ich bin und was ich hier mache, auch nicht, wie ich hierher kam und wann. Ich will aufstehen, doch Schmerzen von Kopf bis Fuß zwingen mich, dass ich mich nochmals zurücklege. Und dann trifft es mich wie ein Keulenschlag: Carlos hatte einen schweren Unfall. Dies ist das Krankenhaus. Die Intensivstation! Und ich erschrecke fast zu Tode, weil mir einfällt, dass mich die Nachtschwester doch rufen wollte, wenn Carlos aus der Narkose erwacht ist. Vor mir an der Wand hängt eine große Uhr, sie zeigt fünf Minuten nach acht – ich habe beinahe fünf Stunden geschlafen! Und Carlos ist noch immer nicht aus der Narkose erwacht! Was um Himmels willen ist passiert? Liegt er im Koma? Mir pochen die Schläfen, fast muss ich mich übergeben vor Angst, als ich aufstehe und zur Tür hinke.

»Du meine Güte, Sie humpeln ja!«, begrüßt mich eine der Schwestern. Ich gehe gar nicht darauf ein, sondern frage sie, was mit Carlos geschehen ist und warum er noch immer nicht wieder zu sich gekommen ist. »Doch, doch, er ist ja zu sich gekommen, schon vor drei Stunden«, beruhigt sie mich. »Und Schwester Pia sagte ihm auch, dass Sie nebenan schliefen, er wollte aber nicht, dass man Sie aufweckt. Er hatte stärkere Schmerzen und schlief, nachdem er ein Schmerzmittel bekommen hatte, wieder ein.« – »Schläft er jetzt noch?«, will ich wissen. »Ja. Allerdings sieht es danach aus, als ob er demnächst aufwachen wird, denn er ist sehr unruhig und spricht im Schlaf.« – »Kann ich mich hier irgendwo etwas frisch machen, bevor ich zu ihm gehe? Ich möchte mich ihm nicht gerne in diesem Zustand zeigen.« Die Schwester hat vollstes Verständnis für mein Anliegen. »Falls Sie eine Zahnbürste oder einen Kamm brauchen sollten, unten beim Haupteingang ist ein Kiosk, er hat schon geöffnet, dort können Sie das Notwendigste bekommen. Waschräume und Toiletten für Besucher gibt es ebenfalls in der Nähe des Haupteingangs, oder auch gleich hier oben außerhalb der Intensivstation auf der rechten Seite.« Ich humple los, zwinge mich aber dann, normal zu gehen, auch wenn's weh tut. Ein Reisezahnputz-Set, eine kleine Tube mit Feuchtigkeitscreme fürs Gesicht und eine andere für die Hände, sowie eine Mini-Haarbürste und Lippenstift schleppe ich schon seit Jahr und Tag stets in meiner Handtasche mit mir herum – Notfallausrüstung, die öfters schon zum Einsatz kam – heute erspart sie mir den schmerzhaften Gang hinunter zum Krankenhauskiosk.

Beim Eingang zur Intensivstation lässt man mich in einen frischen weißen Kittel schlüpfen. »Man erkennt Sie kaum mehr wieder«, sagt die Schwester, »jetzt, wo Sie Lippenstift aufgelegt haben.« – »Ist Carlos in der Zwischenzeit aufgewacht?«, frage ich. »Ja, und Dr. Da Silva ist bei ihm. Ich glaube, es geht ihm gar nicht so schlecht, ich habe ihn vorhin scherzen gehört mit dem Doktor.« – »Vielen herzlichen Dank, Schwester, für Ihre Mühen mit mir; Sie sind alle sehr freundlich und hilfsbereit.«

»Da kommt sie ja, Deine Medizin«, sagt Dr. Da Silva, als ich an Carlos' Bett trete. »Und hübsch ist sie auch noch dazu.« – »Guten Morgen, Dr. Da Silva«, sage ich und lächle ihn an. »Nicht mich sollen Sie anlächeln, ihm sollen Sie Ihr Lächeln schenken! Wie oft hat er mir von Ihnen erzählt und davon, wie sehr er Ihr Lächeln liebt, und nun liegt er krank und im Gips, und Sie lächeln einen anderen an! – Ach ja, und da wäre noch eine Bitte: Küssen Sie ihn, aber richtig, jetzt sofort, denn ich will sehen, wie der Kerl errötet! Es soll Entschädigung sein für mich, für all die entgangenen und wahrscheinlich noch eine ganze Weile entgehenden herrlichen Streitgespräche mit einem hoffnungslosen Romantiker und Weltverbesserer.«

Schmunzelnd ist Dr. Da Silva gegangen. »Du hast ihn im Sturm erobert«, sagt Carlos. »Er wird Dir ein Freund sein, auf den Du bauen kannst.«

Eine der Schwestern kommt, um nach den Infusionsflaschen zu sehen, deren Inhalt langsam in Carlos' linken Unterarm tropft. Sie wendet sich an mich: »Einen Gruß soll ich Ihnen ausrichten von Dr. Da Silva. Er bittet Sie, später zu ihm in seine Sprechstunde zu kommen, er will Sie selbst nochmals genauer untersuchen. Er meinte, Humpeln könne man vor ihm nicht verstecken, auch wenn man sich noch so sehr Mühe gäbe, es nicht zu zeigen, er würde es immer merken. Und Sie, so meinte er weiter, würden humpeln und hätten sich wahrscheinlich doch ernsthafter verletzt bei Ihren Stürzen an dem Steilhang in der vergangenen Nacht.«

Carlos schließt die Augen, ich denke, er ist müde und will schlafen, da drückt er meine Hand, die er, seit ich bei ihm bin, nicht mehr losgelassen hat, und sagt: »Ich hatte so entsetzliche Angst, dass dieser Wahnsinnige auch auf Dich aufgeprallt sein und Dich vielleicht getötet haben könnte. – Dein kleines Auto hätte Dir nicht viel Schutz bieten können gegen diese geballte Kraft. – Ich hatte die fürchterlichsten Alpträume.« Vorsichtig küsse ich seine Stirn, seine Wangen, seinen Mund. Er liegt da mit geschlossenen Augen, mit einem Verband um den Kopf, den rechten Arm eingegipst, das rechte Bein dick verbunden, operiert, stillgelegt in einer Gipsschale, angeschlossen an Apparate und Infusionen – aber lächelt glücklich. Und ich denke, welch wunderbarer Mensch er doch ist.

»Mi corazón, wann heiraten wir? – Ich will nicht warten, wir sollten es so schnell wie möglich tun.« Mit seinen verschwollenen Augen sieht er mich fragend an. »Ein paar

Wochen wirst Du Dich gedulden müssen«, antworte ich ihm. »An unserer Hochzeit solltest Du nämlich wieder gehen können, und zwar ohne Krücken, Deine beiden Arme solltest Du auch wieder richtig gebrauchen können, und Du solltest auch nicht zu schwach sein für gewisse Dinge.« – »Für welche gewissen Dinge sollte ich nicht zu schwach sein?«, fragt er grinsend. »Ich wünsche mir, dass Du mich in unserer Hochzeitsnacht über die Türschwelle und bis ins Schlafzimmer trägst. – Und Du sollst mich lieben in dieser Nacht, so wie Du es noch nie zuvor getan hast.« Ich merke, wie mir plötzlich die Röte ins Gesicht steigt und ich verlegen werde – das immer noch nicht verloren gegangene junge Mädchen in mir geniert sich. – »Hast Du Deinen kleinen Kalender bei Dir, den mit den Mondphasen? Es soll Vollmond sein in dieser Nacht. Der Mondschein soll unser Schlafzimmer überfluten. – Und wir werden schwimmen in den Meeren.« Carlos spricht zu Ende, was ich in meiner Verlegenheit nicht mehr sagen kann. – Er erstaunt mich immer wieder aufs Neue, und ich frage mich, warum in all den zurückliegenden Jahren, in denen ich schon Carlos' Liebe zu mir ahnte, ich nicht erkannt hatte, was für ein ganz besonderer Mensch er ist. Ich habe Jahre vergeudet! Jahre, in denen ich an seiner Seite hätte sein können.

»Ramon! – Ramon, wo steckst Du?«, rufe ich am Eingang zum Restaurant und klopfe an die noch verschlossene Türe, denn samstags wird erst um neunzehn Uhr geöffnet. »Bist Du in der Küche?« Da kommt er auch schon um die Ecke gerannt, über die Terrasse. »Warum bist Du alleine«, fragt er aufgeregt, »wo ist Carlos? Ist etwas nicht in Ordnung mit ihm?« Dann bleibt er abrupt stehen, sieht mich von oben bis unten entsetzt an. »Dios mío! Meine Königin, was hat man Dir getan?!« – »Oh, es sind nur ein paar Kratzer und Prellungen, weiter nichts. Tut ein bisschen weh beim Gehen, aber das ist auch alles. Carlos hingegen … Carlos hatte einen Autounfall gestern Abend, nun liegt er in Puerto del Rosario im Krankenhaus, auf der Intensivstation, mit mehreren Brüchen und Gehirnerschütterung. Dr. Da Silva hat ihn in der Nacht noch operiert; ich sprach mit ihm, er sagte mir aber, dass es Carlos, entsprechend den Umständen, ganz gut gehen würde.« Ramon erblasst, schluckt. Blickt mich wieder prüfend an: »Du musst ein verdammtes Glück gehabt haben, dass Du nur ein paar Prellungen abbekommen hast bei dem Unfall.« – »Ich war nicht mit in Carlos' Auto, wir fuhren mit zwei Fahrzeugen. Ich bin Carlos hinterher gefahren, als der Unfall geschah – und musste das Unfassbare hilflos mit ansehen.« Ramon will alles wissen. Haargenau und klitzeklein muss ich ihm alles erzählen. Und erlebe den ganzen Alptraum noch einmal.

Anschließend fahre ich bei der Polizeidienststelle in Costa Calma vorbei. Ich soll dort den Unfallhergang noch genauer schildern. Gestern Nacht hatte man mit mir Erbarmen, weil ich unter Schock stand und meine Verletzungen im Krankenhaus behandelt werden mussten. Mir ist übel, als das fertige Protokoll vor mir liegt und ich unterschreibe. Ich bekomme noch eine Tüte ausgehändigt, in der sich Carlos' Handy, seine Autoschlüssel und noch ein paar andere Dinge befinden, die die Polizei in Carlos' Wagen fand. Nachdem ich den Empfang dieser Sachen auch noch schriftlich bestätigte, darf ich gehen.

Endlich zurück im Strandhaus rufe ich bei Laura und Anna

an, gebe ihnen kurz Bescheid über die gestrige Nacht. Ich will nicht mehr erzählen müssen, wie es war, was geschah, ich möchte nur noch unter die heiße Dusche und ins Bett.

In der Nacht kann ich nicht schlafen – sei's Sehnsucht nach Carlos, sei's Angst um ihn – ich wälze meinen schmerzenden Körper von einer Seite auf die andere. Im Morgengrauen stehe ich auf und laufe zum Strand, lege mich in den Sand und lasse die Wellen meinen nackten Körper berühren. – Drei Monde noch, beim ersten Vollmond im neuen Jahr. – Ich höre ihn meinen Namen sagen. – Ich liebe es, wenn er mich ruft. – Er wird flüstern: Mi corazón.

»Es ist nicht gut für Dich, jeden Tag allein drei Stunden Auto zu fahren, um mich im Krankenhaus zu besuchen. Ich habe auch Angst, dass Dir unterwegs etwas zustoßen könnte, und Du und Dein kleiner Wagen nicht mehr wieder zu erkennen wärt. Womöglich packten sie Dich dann auch noch in Gips und stellten Dein Krankenbett neben das meine, weil sie dächten, es würde uns freuen, aber wir hätten gar keine Chance uns anzufassen! Die bloße Vorstellung ist schon ein Martyrium! Du neben mir, und ich wäre nicht in der Lage, Dich zu berühren!« Carlos' Blick spricht Bände, und seine Stimme verrät, woran er gerade denkt. Ich liebe es, wenn er mir auf solche Art und Weise sagt, dass er mich begehrt. – Es geht ihm viel besser, er hat kaum noch Kopfschmerzen, und gestern früh wurde er auf die normale Pflegestation verlegt. Dr. Da Silva meinte, er könne in acht bis zehn Tagen nach Hause entlassen werden. »Du könntest diese eine Woche bei Rosa übernachten, Ramon hat sie schon gefragt, sie würde sich freuen. Sie wohnt nur fünfzehn Minuten von hier entfernt. Sie hat ein Friseurgeschäft und ist eine Freundin von Ramon.« – Ich überlege, ob ich Carlos' Idee gut finden soll oder nicht. Auf der einen Seite ist die tägliche Autofahrt wirklich lästig, besonders abends zieht sie sich oft wie Gummiband in die Länge, auf der anderen Seite fahre ich auch gerne wieder zurück nach Jandia in das kleine Strandhaus, es schenkt mir Geborgenheit und Ruhe, und wenn ich nicht schlafen kann in den Nächten, lausche ich dem Spiel der Wellen und dem Wind. »Ich mache mir wirklich Sorgen um Dich, mi corazón«, unterbricht Carlos meine Überlegungen, »und mein Puls schnellt in die Höhe – die Schwestern schimpfen mich schon jedes Mal – wenn ich nur Ambulanz- oder Polizeifahrzeuge höre in der Zeit, wo ich weiß, dass Du unterwegs bist. Ganz schlimm ist es abends, wenn Du gegangen bist.« – Also bin ich vernünftig und werde heute Abend eine Tasche packen mit Kleidung und Waschzeug und werde mich für die nächsten acht Tage bei Rosa einquartieren.

Eine selbstbewusste, etwas rundliche kleine Frau, ein paar Jahre jünger als ich, Ende vierzig schätze ich, öffnet mir die Türe. »Hallo, ich bin Rosa«, begrüßt sie mich freundlich, »und Sie sind Carlos' Glück. Ramon hat mir schon von Ihnen berichtet, und auch, dass Sie so schöne Bilder malen. Ach, lassen Sie uns gleich ›Du‹ zueinander sagen. Ich freue mich sehr, dass wir ein paar Abende zusammen verplaudern können, und auch darüber, dass es mal wieder richtig Sinn macht zu kochen, denn für mich alleine lohnt sich der Aufwand nicht, da gibt es meistens nur etwas Schnelles.« Sie nimmt mir meine Tasche mit den Kleidern ab und zeigt mir das Gästezimmer, zu dem eine Dusche und Toilette gehören. Sie muss sich wirklich sehr auf mich gefreut haben, denn auf dem strahlend weiß bezogenen Bett liegt ein Morgenmantel, wunderschön hindrapiert, hellblau, und die passenden Pantoffeln gibt es auch dazu. In der Dusche türmen sich ein Stapel Handtücher und Waschlappen in allen Blautönen. »Ramon sagte mir, dass Du die Farben des Himmels und des Meeres liebst und dass Deine Aquarelle oft Lichtgebilde wären, darum bezog ich Dein Bett mit weißen Tüchern und legte Dir blaues Frottee hin.« Sie macht mich ganz verlegen, und ich weiß nicht, was ich sagen soll außer Dankeschön.

Im Esszimmer hängt eine Schiffsglocke an der Wand, daneben ein Kompass. Beide sehen schon älter aus und vielfach gebraucht. Rosa bemerkt meine Blicke, die immer wieder während des Abendessens zu diesen beiden auffälligen Gegenständen schweifen. »Sie sind die Abschiedsgeschenke der Schiffsmannschaft und der Flamenco-Tanztruppe, mit denen ich viele Jahre lang auf Kreuzfahrt war.« Erstaunt und fragend sehe ich Rosa an: »Du bist zur See gefahren?« – »Ja. Acht Jahre. Dann war es genug. Beim Abschied überreichten sie mir die Schiffsglocke und den Kompass, dazu einen Brief, in dem sie mir schrieben: ›Mädchen, geh, wohin Du willst, doch gehe nicht ohne Schiffsglocke und Kompass. – Läutet Deine Schiffsglocke Alarm, ist es Zeit, Deinen Kompass neu auszurichten und Deinen Standort neu zu bestimmen.‹ – Schon ein Jahr danach gab's Großalarm. Die Glocke läutete Tag und Nacht, hörte nicht auf, mich wach zu rütteln; es war höchste Zeit, den Standort zu wechseln. Seitdem lebe ich auf Fuerte, richtete hier meinen Kompass neu aus. – Einundzwanzig Jahre sind es nun, und er zeigt immer noch dieselbe Richtung.«

Nach dem Essen führt mich Rosa durchs Haus und zeigt mir ihren elegant, ganz in weiß und gelb eingerichteten Friseursalon, der sich im Erdgeschoss befindet. Auf dem Weg hinauf in den zweiten Stock kommen wir an einem Zimmer vorbei, dessen Türe weit offen steht. Ein schwarzer Flügel steht dort mitten im Raum, umgeben von weiß gestrichenen Wänden ohne Bilder. An der Fensterseite hängen lange weiße Gardinen. Nur einer kleinen schwarzen Kommode und zwei Stühlen, ebenfalls schwarz lackiert, ist es erlaubt, diese nackten weißen Wände zu berühren. »Du spielst Klavier?«, frage ich Rosa. »O nein, dies ist der Flügel meines Sohnes, er spielt ihn.« – »Du hast einen Sohn?« – »Ja. Er ist zwanzig. Dieses Jahr hat er Abitur gemacht. Er möchte Musik studieren, doch zuerst muss er den Militärdienst hinter sich bringen, bevor er sein Studium beginnen kann. – Ich freue mich immer, wenn er hier bei mir auf Fuerte ist, er kann so wunderschön Klavier spielen. Weißt Du, manchmal denke ich, er und sein Flügel sind aus einem Stück, sie verschmelzen sozusagen ineinander schon beim bloßen Berühren der Tasten.« Rosa schweigt eine Weile nachdenklich und sagt dann: »Viel Zeit verbrachten wir nicht miteinander, er war im Internat, doch die wenigen Wochen in den Schulferien lebten wir umso intensiver zusammen.« Gerne würde ich wissen, was mit dem Vater des Kindes passiert ist, ich traue mich aber nicht zu fragen. »Ein anderes Mal werde ich Dir mehr erzählen von der Schiffsglocke und dem Kompass. Ich weiß, jetzt bist Du neugierig geworden und willst mehr von mir erfahren. Du bleibst ja noch ein paar Nächte, wir haben Zeit genug, ich muss nicht schon am ersten Abend meine ganze Geschichte vor Dir ausgebreitet haben.«

Dr. Da Silva ist bei Carlos, sitzt an seinem Bett und sie reden zusammen, als ich komme. Er steht von seinem Stuhl auf, nickt freundlich zur Begrüßung mit dem Kopf und sagt: »Ihn müssen Sie zuerst küssen, und wenn Sie dann noch eines Ihrer Lächeln mir schenken würden …«

»Wir philosophierten gerade über den Sinn des Lebens und insbesondere über Wiedergeburt und Unsterblichkeit«, wendet sich Dr. Da Silva an mich. »Carlos sagte mir, dass Sie überzeugt wären, schon einmal gelebt zu haben, und zwar in Arizona. Er sagte, Sie hätten indianische Wurzeln, stimmt das? Und woher wissen Sie, dass Sie ein vorheriges Leben hatten? Carlos hat dermaßen meine Neugierde an Ihnen geweckt, dass Sie mir jetzt unbedingt mehr von sich erzählen müssen. Nur zu, ich habe heute Nachmittag dienstfrei.«

Warum, so frage ich mich noch, sollte ich diesem Doktor, auch wenn er Carlos' Freund ist, meine geheimsten Dinge anvertrauen, ich kenne ihn doch kaum – und da beginne ich schon zu erzählen von Monument Valley und von Hopi. Alles erzähle ich ihm. Eine ganze Stunde lang fasse ich meine tiefsten Gefühle, mein geheimstes Wissen in Worte. – Und Dr. Da Silva unterbricht mich nicht; erst als ich ende, will er mich herausfordern.

»Sie glauben also an Wiedergeburt und an die Unsterblichkeit der Seele oder, wenn man so will, des Geistes. Doch welchem Leben wird eine Wiedergeburt zuteil? Soll dies nur uns Menschen vergönnt sein, und ist's Gnade oder Strafe, oder gibt es auch eine Wiedergeburt für Hunde, Katzen, für alles, was kreucht und fleucht bis hin zum Wurm? Und was alles überhaupt hat Leben und demzufolge eine Wiedergeburt, auch Bäume oder gar Steine? Wo ist die Grenze zu ziehen? – Ewiges Leben? – Vielleicht gibt es ein solches gar nicht, und es sind die Liebe, die wir säten, oder der Hass, den wir mehrten und weitergaben, das Gute oder das Böse, die Gewalt oder die Güte, die in alle Ewigkeit bleiben werden. – Sie glauben an die Schöpfung, an eine große Kraft, die hinter allem steht und wirkt, die, wie Sie sagen, uns hält und trägt, und in jedwedem Leben sein soll, in jedem Ding, immer gegenwärtig. Eine Kraft, die uns nie verlässt, der wir vertrauen können, in deren Armen wir geborgen sind – und nie alleine. – Sie glauben, dass in jedem Menschen ein guter Kern steckt; selbst noch im übelsten Zeitgenossen, so meinen Sie, wäre er zu finden, wenn man ihn nur wirklich finden wolle. – ›Auch er hat ein Herz, jeder hat ein Herz, nur manche Menschen verbergen es, weil sie sich dessen schämen; sie müssen ja groß und stark sein, denn sonst, so befürchten sie, würden sie ihren Stellenwert in unserer Gesellschaft verlieren.‹ – Diese Aussage von Ihnen macht mich nun doch sehr nachdenklich. Erlauben Sie mir, in den nächsten Tagen nochmals darauf zurückzukommen? Vielleicht bei einem Glas Wein, nach einem schönen Essen, in meinem bescheidenen Zuhause?« Dr. Da Silva verabschiedet sich, nicht ohne sich vor mir zu verbeugen.

»Was machst Du nur mit Pablo Da Silva? Er lädt Dich zu sich nach Hause ein. Weißt Du, dass dies ein ganz besonderes Privileg ist? Jahre musste ich warten, bis mir die Ehre zuteil wurde, und Du schaffst es in wenigen Tagen. Was machst Du nur mit ihm!« Carlos versteht die Welt nicht mehr, und ich mache mir Gedanken, ob ich die Einladung des Doktors annehmen soll oder besser nicht. Ich weiß nicht, was mich an diesem Abend in seinem Haus erwartet, ob es auch eine Frau Da Silva gibt, oder ob ich mit ihm alleine sein werde. Ich frage Carlos. »Nein, Du wirst sicher nicht mit ihm alleine sein, er hat eine Frau und vier erwachsene Kinder. Die Kinder studieren, ein Sohn sogar in den USA, Archäologie, ich nehme aber an, dass sie zur Zeit nicht zu Hause sind, doch Frau Da Silva wird dabei sein. Sie ist zwölf Jahre älter als er und sehr interessiert an Menschen und deren Lebensphilosophien.« Carlos' Antwort genügt mir nicht, ich will noch mehr erfahren über die Da Silvas, bevor ich meine endgültige Entscheidung, ob ich hingehen werde oder nicht, fälle. »Sie ist zwölf Jahre älter als er, und sie haben vier Kinder zusammen, sagtest Du?« – »Ja. Pablo Da Silva war noch im Studium, als sie sich kennen lernten. Sie hatte eine Zahnarztpraxis und hatte Sonntagsdienst. Er hatte Zahnschmerzen, und sie zog ihm den Zahn. Er fing Streit mit ihr an, weil er meinte, der Zahn wäre noch gut gewesen und sie hätte ihn nicht ziehen müssen. – Dann war Sonntagabend, zwei Wochen später, sie begegneten sich zufällig in der Stadt, und sie lud ihn zum Essen in ein Restaurant ein. Danach brachte sie ihn in ihrem Auto noch zurück in seine Studentenbude – fünf Monate später heirateten sie, weitere vier Monate später kam ihr erstes Kind zur Welt. Im darauf folgenden Jahr gab's schon den zweiten Sohn, und das machten sie noch zwei Jahre so, dann hatten sie, was sie wollten, nämlich vier Kinder. Sie lebten damals in Madrid; vor ungefähr zehn Jahren kam Pablo Da Silvas Berufung an dieses Krankenhaus hier auf Fuerte und er griff sofort zu.« – »Und Du kennst ihn schon, seit er auf Fuerte ist?«, will ich noch von Carlos wissen. Er nickt mit dem Kopf. »Gut«, sage ich, »das alles über die Da Silvas gefällt mir. Ich werde die Einladung zum Essen annehmen.« Wir halten uns schon die ganze Zeit an den Händen, seit der Doktor aus dem Zimmer ging. – So gerne würde ich mich jetzt an seine Seite legen, in seinen Armen sein. Carlos sieht mich an, und ich weiß, er kann meine Gedanken lesen. Dann sagt er: »Ich hätte es auch gerne ... ich möchte Dich in meinen Armen halten.« – Und ich frage Carlos: »Kann es sein, dass Liebe immer noch mehr wird? – Damals in Ajuy, in der Höhle, dachte ich: ›Dies, so wie es jetzt ist, ist die wirklich große Liebe, eine größere, tiefere Liebe gibt es nicht, noch mehr lieben kann man nicht.‹ – Doch nun verlangt es mich immer noch mehr nach Dir, bei Tag und Nacht; wenn Du nicht bei mir bist, zerspringt fast mein Herz vor Sehnsucht.«

Rosa hat Paella gemacht. Und Flan. Nach dem Essen fragt sie: »Möchtest Du mehr von der Schiffsglocke und dem Kompass hören?« Ich nicke. »Also gut«, sagt sie, und langsam und bedächtig beginnt sie zu erzählen, als ob es ein Märchen wäre. »Es war einmal ein kleines Mädchen, das tanzte schrecklich gerne. Da es aber arme Eltern hatte und drei jüngere Geschwister, die satt werden wollten, die dazu noch Kleider und Schuhe brauchten, so musste das Mädchen schon sehr früh eigenes Geld verdienen und ging zu einem Friseur in die Lehre. Oft war es sehr müde, wenn es des Nachts nach Hause kam, denn nach Feierabend putzte es auch noch den Salon des Friseurs; doch das Tanzen hat es nicht vergessen. – Es vergaß nicht den Tanz, der Flamenco genannt wurde, er wollte ihm nicht aus dem Kopf, seit es einmal bei einem Straßenfest ein Paar hatte Flamenco tanzen sehen. Also ging es auf die Suche nach einem Lehrmeister. Es fand auch bald einen, doch wollte dieser bezahlt werden für den Unterricht, den er dem Mädchen geben sollte. Weil das Mädchen aber jeden Monat fast sein gesamtes verdientes Geld zum Unterhalt der Familie beisteuerte, hatte es nicht mehr genug, um den Unterricht bezahlen zu können. Und das Mädchen wurde sehr traurig. Der Tanzlehrer allerdings hatte ein Herz, denn als er sah, wie furchtbar traurig das Mädchen wurde, bat er es, ihm doch einmal vorzutanzen, jetzt gleich. Das Mädchen legte seinen ganzen Schmerz, seine Trauer, seinen Zorn und seine Wut in diesen einen Tanz. Es tanzte weiter, als die Musik von der Schallplatte schon längst verklungen war. Es tanze die Hoffnung und die Sehnsucht – beinahe war es, als ob es um sein Leben tanzen würde. Als es endlich aufhörte zu tanzen, und völlig erschöpft auf einen Stuhl niedersank, sagte der Lehrmeister: ›Ja. Du hast es in Dir, Du bist Flamenco.‹ Fortan durfte das Mädchen jeden Sonntag zu ihm in den Unterricht kommen. Es brauchte nichts zu bezahlen, und die Frau des Tanzmeisters schenkte ihm sogar noch eines ihrer wunderschönen Volantkleider. Als das Mädchen zwei Jahre später seine Friseurlehre beendet und die Abschlussprüfung bestanden hatte, war auch seine Ausbildung als Tänzerin abgeschlossen.

Eine Anfrage traf in der Tanzschule ein, worin eine Flamenco-Tänzerin gesucht wurde als neues Mitglied in eine schon bestehende Tanztruppe, die mehrmals im Jahr auf großen Kreuzfahrtschiffen mitfuhr, um die Gäste mit Flamenco und anderen Tänzen zu unterhalten. Das junge Mädchen, aus dem inzwischen eine junge Frau geworden war, brauchte nicht lange zu überlegen, es sagte zu und war bereits einen Monat später auf hoher See. Das Leben auf dem Luxusschiff gefiel der jungen Frau, sie fühlte sich wohl in der Tanztruppe, und mit der Zeit wurde sie zum Maskottchen der Schiffsmannschaft. Alle hatten sie immer viel Spaß miteinander, über Jahre hinweg waren sie zusammen, stets die gleiche Mannschaft und die gleiche Truppe. Dann eines Tages kam ein neues Mannschaftsmitglied an Bord – ein junger Kellner. Er sah blendend aus, und er verdrehte der jungen Frau bald dermaßen den Kopf, dass sie nicht mehr sie selbst war. Sie konnte nicht mehr klar sehen und auch nicht mehr klar denken. Am Ende der Kreuzfahrt ging sie mit ihm von Bord, ohne erneut wieder ihren Arbeitsvertrag verlängert zu haben. – Alle ihre Freunde auf dem Schiff hatten sie zuvor gewarnt vor einem Leben mit diesem Filou. Doch sie schenkte keinem Glauben. Sie war so verblendet und so verliebt. Sie wollte mit ihm eine Familie gründen. Das Einzige, was ihre Freunde noch für sie tun konnten, war, ihr eine Schiffsglocke und einen Kompass mit auf den Weg zu geben und einen Brief dazu. Und dann ging sie von Bord.«

Rosa stoppt ihre Erzählung, nimmt einen Schluck Rotwein, schnäuzt sich kräftig die Nase und holt tief Luft, um dann mit ihrer Geschichte fortzufahren.

»Die große Liebe dauerte nicht sehr lange. Der schöne Kellner trieb sich in Wirtshäusern herum, angeblich auf der Suche nach Arbeit. Tagelang blieb er verschwunden, um nur wieder aufzutauchen, wenn er Geld von mir wollte, oder Liebe machen, oder gar beides – und ich gab ihm alles, bereitwilligst, jedes Mal. – Monatelang ging es so. Dann eines Morgens erwachte ich und mir war übel, ich musste mich übergeben. Ich ging zum Arzt. Ich war schwanger. – Die Schiffsglocke fing an zu läuten, hörte nicht mehr auf damit, wurde lauter und lauter, selbst noch im Schlaf vernahm ich ihr Läuten. – Weißt Du, damals, vor mehr als zwanzig Jahren, war es undenkbar in Spanien, eigentlich fast tödlich, nicht verheiratet zu sein und trotzdem schwanger zu werden. – Nun ja, ich wusste, die Zeit war gekommen, meinen Kompass wieder neu auszurichten. Ich kaufte mir Zeitungen und sah die Stellenangebote durch. Es war mir ganz egal, welche Art von Arbeit es sein würde, es musste nur weit genug weg sein. – Nach kurzem Suchen fand ich dann, was ich wollte: Es war eine Stelle als Friseurin in einem Salon auf dem weit entfernten Fuerteventura. Ich schrieb einen langen Brief dorthin, in welchem ich ein Stück meines Lebens niederschrieb und auch, dass ich schwanger wäre und mein Kind alleine großziehen wolle. Dann wartete ich. Ich suchte nicht weiter, ich hatte das sichere Gefühl, dass es mit Fuerteventura klappen würde. Nach zwei Wochen kam ein Anruf noch spät am Abend aus Fuerte. Maria, die Besitzerin des Salons, rief mich an, um mir zu sagen, dass ich die Stelle haben könne. Sie sagte mir auch, dass sie noch eine kleine Wohnung für mich hätte, groß genug fürs Erste, später würden wir weitersehen. – Nach einer Woche war ich bereits in Puerto del Rosario und fing bei Maria meine Arbeit an. Ich hab's nie bereut; und der Kompass brauchte keine andere Ausrichtung mehr. – Maria und ich wurden im Laufe der Jahre nicht nur Freundinnen, nein, viel mehr noch, sie wurde so etwas wie eine Mutter für mich und eine Großmutter für meinen Sohn. Vor ein paar Jahren übergab sie mir das Wohnhaus und den Friseursalon und zog sich von der Arbeit zurück in ein kleines Häuschen, nicht weit weg von hier, um das Leben noch ein bisschen zu genießen. Und weil sie immer sehr an Musik interessiert war, hat sie sich vorgenommen, nach und nach alle großen Opernhäuser der Welt zu besuchen. Jetzt gerade ist sie in New York.«

Rosa erhebt ihr Glas und prostet mir zu. »Übrigens«, sagt sie, »der schöne Kellner suchte nie nach mir. – Er weiß bis heute nicht, dass er einen Sohn hat – und das soll so bleiben.«

Carlos darf die ersten Gehversuche mit einer Unterarmkrücke machen. Als ich sein Zimmer am Vormittag betrete, bringt eine resolute Krankengymnastin ihm gerade bei, was er zu tun hat, damit er vorwärtskommt. »Linken Fuß vor und dabei den linken Arm voll auf die Krücke stützen. So, und jetzt den linken Arm mitsamt der Krücke etwas anheben und nach vorne bewegen, dabei auf den linken Fuß stützen. Weiter so, aber immer schön das rechte Bein angewinkelt lassen, es darf nicht den Boden berühren! Nicht das Gleichgewicht verlieren! Atmen nicht vergessen!« Carlos sieht mich ganz verzweifelt an. »Ach, bitte«, wendet sie sich an mich, »würden Sie das Krankenzimmer wieder verlassen, der Patient kann sich ja gar nicht mehr auf seine Sache konzentrieren!« Ich gehe auf den Flur. Nach zehn Minuten kommt die Gymnastin aus Carlos' Zimmer heraus, und ich gehe hinein. Carlos scheint ziemlich fertig zu sein. »Keine Kondition, stimmt's?«, begrüße ich ihn. Er nickt. Und dann rollen mir auch schon die Tränen übers Gesicht. »Was ist los, mi corazón?«, fragt Carlos erschrocken. »Du tust mir so Leid, und ich mache mir schreckliche Sorgen um Dich!«, schluchze ich los.

Die Stationsschwester bringt Carlos etwas zu trinken und misst seinen Blutdruck. »Morgen geht es schon viel besser, Sie werden sehen. Es ist immer nur der erste Tag der Gymnastik, der schrecklich ist, aber danach geht es rasant aufwärts.« Ich glaube ihr nur zu gern.

»Und? Wie war's bei den Da Silvas gestern Abend?«, fragt Carlos gleich nach der Begrüßung, um dann festzustellen: »Irgendwie sieht es aus, als ob Du verärgert wärst.« – »Ja, das bin ich! – Da Silva, dieser arrogante, überhebliche, eingebildete …«, schimpfe ich los, »er legte es doch nur darauf an, mich zu provozieren, deshalb die Einladung in sein Haus! Und es ist ihm geglückt, er brachte mich zur Weißglut! – Und Frau Da Silva saß einfach nur da, sagte nichts und beobachtete mich!« – Carlos schweigt. Ich versuche, mich zu beruhigen, gehe zum Fenster und schaue hinaus aufs Meer. Unbewusst flieht mein Blick nach Westen, zum Horizont, dort bleibt er hängen. – »Du suchst Arizona – Hopi – nicht wahr?«, sagt Carlos leise und traurig. Ich antworte nicht. »Er wollte Dich gründlich prüfen, Dich aus der Reserve locken, wollte wissen, ob Du auch wirklich das denkst und fühlst, was Du sagst. Er wollte Deinen Zorn, Deine Wut. – Er wollte Deine eigene Wahrheit hören.« – Nach einer Weile kann ich wieder sprechen: »Da Silva sagte mir eiskalt ins Gesicht, dass heutzutage Herz nicht mehr gefragt wäre. Er sagte: ›Es ist einfach nicht mehr in.‹ – Er sagte: ›Was zählt, sind Macht und Geld, Mädchen, nicht Herz! Dies sind die Götter! Und die Bestechlichkeit – sie lebt gut mit ihnen!‹ Ich fragte: ›Und wie ist es dann mit dem Gewissen?‹ Er antwortete: ›Lässt sich mit Geld beruhigen.‹ – Da stand ich auf, sagte noch: ›Beruhigen? – Am Tage vielleicht, mag sein, aber in den Nächten?‹ und ging. Ich konnte seinen Zynismus nicht mehr länger ertragen.« – Ich stehe noch immer am Fenster; mit einem Mal bin ich sehr müde geworden. Carlos blickt mich lange Zeit wortlos an, dann hält er mir seine gesunde Hand hin und flüstert nur: »Komm.« Und seine Augen sagen mir, wie unendlich tief seine Liebe zu mir ist.

Es ist Anfang November, ein sonniger Montagmorgen, windstill und warm. Rosa und ich sitzen auf der Dachterrasse beim Frühstück. »Du wirst doch Carlos bald heiraten, nicht wahr?«, fragt mich Rosa unvermittelt. Erstaunt blicke ich sie an. »Du solltest ihn nicht noch länger warten lassen«, fährt sie fort, »er hat all die vergangenen Jahre nicht wirklich gelebt, er wartete nur immerzu auf Dich. – Seit dem Tag, als Ihr Euch zum ersten Mal begegnet seid, gibt es für ihn nur noch eine Frau. Diese Frau bist Du. – Und Du hattest ihn vermutlich nicht einmal bemerkt.« – »Das stimmt nicht; bemerkt hatte ich ihn schon – viel mehr noch als das, doch ...« Ich schweige. Ich mag jetzt Rosa nicht meine ganze Geschichte erzählen. Dann sage ich: »Ich wollte mich nicht mehr verlieben. Nicht mehr mein Herz verlieren. – Nicht mehr das Ganze noch einmal von vorn.«

Nach dem Frühstück fange ich an zu malen in Rosas kleinem Gärtchen, ich möchte ihr ein Aquarellbild schenken. – Sie hatte mich bei sich aufgenommen, ohne langes Federlesen, und gab mir so etwas wie ein Zuhause. Sie schenkte mir ihr Vertrauen und Freundschaft und Stunden in einer dunklen Nacht, in denen sie mich festhielt, und davor bewahrte, Fuerteventura fluchtartig den Rücken zu kehren – es war nach dem Besuch in Da Silvas Haus. – Das fertige Bild signiere ich, versehe es mit dem heutigen Datum, dem Ort und der Uhrzeit und gebe ihm den Titel: ›Ja.‹ – Rosa wird die Bedeutung wissen.

»Carlos! Carlos! Heute Abend feiern wir ein Fest – du darfst nach Hause! Der Stationsarzt hat es mir eben gesagt, ich traf ihn auf dem Flur. Heute Nachmittag, meinte er, darf ich Dich mitnehmen!« Und dann ersticke ich Carlos beinahe mit meinen Küssen.

Endlich sitzen wir in meinem kleinen Auto – Carlos samt Gips und ich. Nach einigen unvorhergesehenen Schwierigkeiten, Carlos halbwegs bequem in dem kleinen Fahrzeug unterzubringen, lasse ich den Motor an und frage: »Wohin soll ich Dich bringen? In unser kleines Haus am Strand oder in Deine große Wohnung?« Carlos grinst mich von der Seite an und sagt: »Wohin wohl? Du kennst die Antwort!« Ich grinse zurück: »Ins Liebesnest also?« Er nickt. – Und mein kleiner Wagen gibt Vollgas.

»Ich werde für Dich kochen heute Abend. – Da fällt mir ein, dass ich ja noch nie für Dich gekocht habe! Na, dann darfst Du gespannt sein…« – Carlos hört meine Worte nicht mehr; erschöpft von den vielen Strapazen der vergangenen Stunden legte er sich im Strandhaus in mein Bett und schlief sofort ein.

Ich gehe zum Auto, um die übervollen Einkaufstüten aus dem Kofferraum in die Küche zu tragen. Am Vormittag, nachdem ich erfahren hatte, dass Carlos heute nach Hause darf, plünderte ich, aus lauter Freude darüber, ihn wieder bei mir zu haben, in Rosario einen Supermarkt leer. Ich wasche Berge von Obst und dekoriere es in Glasschalen, die ich dann ringsherum im Haus verteile. Dann putze ich frischen Fisch, wasche Kirschtomaten und verschiedene, herrlich duftende Kräuter und packe alles zusammen in eine Alufolie, träufle noch etwas Olivenöl darüber, dazu eine Prise

Salz, und schiebe es in den heißen Backofen ... und fange an, mich über mich selbst zu wundern. Ich erkenne mich nicht wieder. Was ist bloß passiert mit mir? Eigentlich koche ich nicht gerne, gelinde gesagt: Ich hasse es, zu kochen! Und nun das! Ich stehe freiwillig in der Küche und putze Fisch! Ich muss nicht mehr ganz klar im Kopf sein – oder ganz schrecklich verliebt.

Der Tisch ist festlich gedeckt, es brennen Kerzen. Der alte Rotwein steht schon seit einer Stunde entkorkt, damit er atmen kann. Ich habe den neuen, pinkfarbenen Seidenpulli angezogen, den ich mir vor ein paar Tagen in Rosario kaufte. Das Fest, mein Fest für Carlos kann beginnen. – Ich gehe ins Schlafzimmer ihn wecken. – »Mi corazón, mi cor...a...«

Nach dem Essen frage ich Carlos: »Und? Wie habe ich gekocht?« Er sieht mich nur mild lächelnd an. »Nun sag doch schon!«, beharre ich ungeduldig auf einer Antwort. »Mi corazón, Malen und Schreiben kannst Du so wunderschön! – Das Kochen allerdings solltest Du doch besser mir überlassen, oder wenn nicht mir, so überlasse es wenigstens Ramon.« – »Somit wäre dieses Thema in unserer kommenden Ehe auch vom Tisch«, sage ich fröhlich.

Obwohl es schon spät am Abend ist, setzen wir uns auf die Veranda. Die Luft ist lau, es riecht nach Meer, und eine tiefe Ruhe breitet sich über die Insel aus. »Ich mag diese Ruhe, Carlos. – Ich liebe die Stille, sie ist ein großes Geschenk. – Weißt Du, es öffnet sich das innere Auge in der Stille und man sieht vieles anders und erkennt auch die anderen Wahrheiten – und das Glück, und den Schmerz. – In der Stille kann ich alle meine Schwächen zulassen. Ich schließe Frieden mit meinen Unzulänglichkeiten ... und beginne, mich zu mögen, so wie ich bin.« Carlos schweigt lange, es waren wohl meine Worte, die ihn sehr nachdenklich stimmten, dann nimmt er meine Hand und schaut mir tief in die Augen: »Lass mich die Stille sein, in der Du Deine Schwächen zulassen darfst und Deine Unzulänglichkeiten friedlich akzeptieren kannst. – Und in der Du Dich selber liebst – so sehr, wie ich Dich liebe.« – Welch ein besonderer Mensch Du doch bist, Carlos, denke ich, und sage: »So sehr, wie Du mich liebst, werde ich mich nie lieben können.«

Laura und Robert kommen zu Besuch und bringen selbst gebackenen Orangenkuchen mit. Ich koche Tee für uns Frauen, Kaffee für die Männer, und wir setzen uns auf die Veranda. Laura unterhält sich angeregt mit Carlos, ich versuche ein Gespräch mit Robert in Gang zu bringen, doch Robert mag nicht reden, er nickt nur gelegentlich höflich mit dem Kopf – eigentlich hört er gar nicht, was ich sage, und ich bin leicht irritiert, denn Robert unterhielt sich immer gerne mit mir. Einige Male spricht er Laura an, sie gibt ihm keine Antwort und lässt ihn einfach in der Luft hängen. »Laufen wir ein bisschen über den Strand, Laura?«, frage ich. Sie nickt, und wir gehen und überlassen die Männer sich selbst.

»Was ist los zwischen Dir und Robert?«, will ich wissen. »Ihr benehmt Euch etwas merkwürdig.« – »Robert hat mich sehr verletzt und enttäuscht. Ich weiß nicht, wie es weitergehen soll mit uns, ich muss mir erst noch klar darüber werden.« Laura atmet tief durch, bevor sie weiterspricht. »Letzte Woche zog sich Robert wieder für ein paar Tage in seine Wohnung in Rosario zurück – Du weißt, er hat sie behalten, damit er sich absetzen kann, wenn er schreiben will und Ruhe braucht. Auf dem Heimweg vom Krankenhaus, nach meinem Besuch bei Carlos, dachte ich mir, ich sehe mal kurz nach ihm und bringe ihm gleich noch etwas zum Essen vorbei. Also ging ich in den Supermarkt und kaufte ein, alles was er mag, was er auch ohne große Umstände neben dem Schreiben her essen kann. Mit der vollen Einkaufstüte stand ich dann auf der Straße vor dem Haus, in dem er seine Wohnung hat, und wusste nicht, was ich tun sollte, denn er hatte die Fenster geschlossen und die Jalousien heruntergelassen. Ich dachte mir, er schläft, doch wollte ich den ganzen Einkauf nicht mit zu mir nach Hause nehmen und entschied daher, die Tüte in seine Wohnung zu tragen, um sie dort gleich am Eingang hinter der Türe abzustellen.« Laura atmet erneut tief durch, dann fährt sie fort: »Leise schloss ich die Wohnungstüre auf, um ihn ja nicht zu stören, stellte vorsichtig die Tüte ab, und wollte schon wieder gehen, als ich Geräusche vernahm. Ich dachte, dass Robert vielleicht wach wäre, und lief in Richtung Schlafzimmer. Ich hatte meinen Mund schon geöffnet, um ›Hallo‹ zu rufen, da hörte ich eine Frauenstimme. Die Schlafzimmertüre stand halb auf, ich sah hinein – und sah Robert mit ›Bella Beautyshop‹ – zusammen im Bett – nackt.«

Nachdem ich wieder halbwegs klar denken kann und ganz begriffen habe, was Laura mir eben erzählt hat, sage ich lakonisch: »Mit ›Bella Beautyshop‹. – Mit der Frau, die für Dich nicht mehr existierte. – Nun ist sie also wieder da – allgegenwärtig.«

Stumm laufen wir nebeneinander. Der Sand, der sonst so warm sich anfühlte, ist plötzlich nass und kalt. »Warum?«, frage ich Laura. »Warum gerade sie?«

Immer weiter laufen wir. Laura atmet nur einige Male

tief durch, wirkt leblos, versteinert, spricht lange Zeit gar nichts mehr.

Ich bleibe stehen, frage noch einmal: »Warum?« – »Robert hatte mal eine kurze Affäre mit ihr im letzten Jahr. Doch sie wäre nicht mehr ›Bella Beautyshop‹, nicht mehr die Intrige und Boshaftigkeit selbst, würde sie diese Affäre jetzt nicht wieder aufleben lassen wollen, mit allen Mitteln ihrer Macht, nur um mir erneut wehtun zu können – und ihre Freude daran zu haben«, antwortet Laura tonlos.

Es ist schon beinahe dunkel, als wir den kurzen steilen Weg, der vom Strand zum Haus führt, betreten. Ich frage Laura: »Was war zwischen Dir und ›Bella Beautyshop‹?« Laura bleibt stehen. Dann sagt sie: »Bella ist meine Schwester.«

»Carlos, was weißt Du von Laura und ihrer Schwester Bella?« Wir sitzen beim Frühstück, ich habe schlecht geschlafen und die halbe Nacht von Bella und Laura geträumt. »Nicht sehr viel«, antwortet Carlos, »nur dass Bella immer alle Männer haben wollte, die Laura hatte. Und am allermeisten begehrte Bella jene Männer, die Laura wirklich liebte. – Nun ist es Robert.« – »Woher weißt Du es?« frage ich. »Robert hat mir gestern, als Du und Laura zum Strand gelaufen wart, alles erzählt. – Er bereut seine Dummheit schwer, er kann sich nicht erklären, wie es überhaupt dazu kommen konnte. – Ich denke, Bella ist sehr raffiniert. Sie hat Robert so umgarnt und gelockt, dass der arme Kerl gar nicht mehr wusste, wie ihm geschah. – Aber es passierte wirklich nur ein Mal, gerade an diesem einen Nachmittag, und nicht, wie Laura glaubt, schon öfter vorher. Robert ist ihr bis zu diesem Tage immer treu gewesen, und ich weiß, er wird Laura auch treu bleiben, es wird nicht wieder vorkommen. Laura sollte ihm verzeihen. – Robert ist ein feiner Mensch, ein aufrechter Mann.« – »Ich weiß, Du schätzt Robert sehr«, sage ich. »Laura und er passen auch gut zueinander. Ich werde heute Nachmittag zu Laura fahren, um mit ihr zu sprechen. – Seit wann ist Bella eigentlich auf Fuerte? Ich dachte immer, Laura wäre alleine damals aus Deutschland hierher gekommen.« Carlos überlegt, meint dann: »Es müssen so ungefähr fünfzehn Jahre sein, seit sie auf Besuch zu Laura kam und blieb. Sie eröffnete schon bald nach ihrer Ankunft einen Beautyshop in Rosario, der von Anfang an gut lief – ja, und dann fing sie an, ihrer Schwester so nebenher die Freunde und die Männer auszuspannen. – Ich denke, Bella hatte damals alles vorher, von Deutschland aus, gut geplant und vorbereitet gehabt.«

Morgendämmerung.
Die Farben des Regenbogens
schweben über dem Meer.
Es ist, als ob ein seidener Schleier sie verhüllte
und sie bewahrte in ihrer Zerbrechlichkeit.

Rosenrote Dezemberfrühe. Die Insel badet im Licht der aufgehenden Sonne, über die Wellen im Meer ergießt es sich wie hellroter Sangria. Weit öffne ich alle Fenster und Türen und lasse dieses zärtlich-schöne Licht ins kleine Strandhaus fließen.

Auf der Veranda stehen meine alten Laufschuhe, die den Sand Arizonas und Fuertes von Jahren in sich tragen. Ein Päckchen steckt in ihnen – eingehüllt in rotes Seidenpapier finde ich eine wunderschöne, cremefarbige, alte Spitzenmantilla. Ein kleiner Brief liegt dabei von Carlos. Er schreibt: ›Der Tag unserer Hochzeit rückt näher – schon ist mein Arm vom Gips befreit – ein Teil Deiner Voraussetzungen für die Hochzeit ist erfüllt!‹ In den Briefumschlag legte er ein Stück des vor vier Tagen entfernten Gipses. – Anstatt hinunter an den Strand zu laufen, hole ich meine Aquarellfarben und den riesengroßen Malblock und male für Carlos den Sonnenaufgang und das Meer und die rote Sonnenglut, die sich im Meer verströmt. Dann klebe ich das Stück Armgips auf das Aquarellbild und bemale es, als ob es ein Fels in der Brandung wäre. Anschließend decke ich den Frühstückstisch, lege das Bild auf Carlos' Teller – er wird es gleich entdecken, und leise wird er sagen: ›Mi corazón.‹

Lorenzo, der Fischer, hat heute Geburtstag und hat uns zum Essen eingeladen. Wir fahren zu ihm nach Ajuy. »Weißt Du noch, unser erster gemeinsamer Ausflug – zu den Höhlen bei Ajuy?«, fragt Carlos unterwegs. Ich nicke. »Ich legte Dir die Höhle zu Füßen – und gab mein Leben in Deine Hände. – Und meine Liebe zu Dir wird immer noch mehr – wie mag das bloß enden, mi corazón?« – »Es wird wohl so sein, dass

Du und ich uns eines Tages in Lichtgestalten verwandeln und miteinander in die Unendlichkeit schweben werden. – Und wir werden für immer eins sein«, antworte ich.

Schweigsam, wie bei unserer ersten Fahrt in das verträumte Fischerdorf, sitzen wir im Auto. Ich steuere langsam meinen kleinen Wagen in die vielen Kurven über die Berge. Carlos blickt mich unentwegt von der Seite an, und ich glaube fast, er ist glücklich, ein Gipsbein zu haben, um mich ungestört am Steuer beobachten zu können.

Als wir in Ajuy eintreffen, quillt die Wohnküche in Lorenzos Haus schon beinahe über, so viele Gratulanten sind zum Geburtstagsfest gekommen. Auf dem Herd steht ein riesiger Kochtopf, in dem verschiedene Gemüse mit Kartoffeln langsam garen – potaje canario, kanarischer Gemüseeintopf. Im heißen Backofen dünsten Berge von Garnelen in grobkörnigem Salz, und auf dem langen Esstisch stehen Brotkörbe, bis an den Rand gefüllt mit frisch gebackenen Brötchen, und viele kleine Tontöpfchen, in die rote und grüne Mojo mit viel scharfem Knoblauch gefüllt wurde. Es herrscht eine so fröhliche Stimmung im Haus, es wird gelacht, gesungen und getanzt – und es ist Weihnachten – Heiligabend. Zwei Welten sind es: Fuerteventura und Deutschland. –

Lorenzo klopft Carlos auf die Schulter und sagt scherzend: »Beeil Dich, Carlos, dass Du sie heiratest, sonst nimmt sie Dir noch einer der Fischer hier weg! Siehst Du, wie sie die Augen nach ihr verdrehen?« Carlos lacht laut – er ist stolz, dass ich ihm gehöre; und ein klein wenig eifersüchtig ist er auch, denn er sagt: »Komm, mi corazón, wir gehen ein paar Schritte durch das Dorf hinunter zum Strand.« Carlos kann ganz gut gehen. Er hat große Fortschritte gemacht, seit ihm der Gips von seinem Arm abgenommen wurde und er einige Tage später mit zwei Krücken anfangen durfte zu gehen – eine gute Übung gleichzeitig für die erschlafften Muskeln seines verletzt gewesenen Armes, die nun wieder aufgebaut werden.

Der Strand von Ajuy ist menschenleer, und auch die Boote der Fischer sind verschwunden – sie bringen die kleinen Boote über den Winter in einen Unterstand, dort werden sie repariert, ausgebessert und frisch angemalt, um im Frühjahr wieder herausgeholt zu werden. – Im Winter wird an der Westküste der Insel nur mit größeren Fischerbooten Fischfang betrieben – die Wellen und die See sind zu heftig für die kleinen Nussschalen.

Wir spazieren über den grobkörnigen schwarzen Sand des kleinen Badestrandes hin zum anderen Ende der Bucht, die mit Kieselsteinen bedeckt ist und Liegeplatz während der Fischfangsaison für die kleineren Fischerboote. Meine Augen bleiben an einem grün-grauen Stein hängen, der aus der Masse Tausender grau-schwarzer Kiesel durch seine besondere Farbe auffällt. Ich bücke mich und hebe ihn auf. Er ist handtellergroß und hat die Form eines Herzens – nahezu vollkommen formten es der Wind und das Meer, die Wellen und der Sand. Die eine Seite ist bauchig und glattpoliert – sie fühlt sich an wie Samt. Die andere Seite vertieft sich zur Mitte hin und ist leicht rau und porös. Ich putze das Herz ein wenig mit meinen Fingern, um es dann Carlos zu geben. Wir sehen uns an, und ich weiß, was er denkt, und er weiß, was ich denke. »Wo sonst hättest Du es finden können, wenn nicht hier in Ajuy in der Nähe Deiner Höhle?«, spricht Carlos unsere beider Gedanken aus. – »Ich möchte es Dir schenken«, sage ich, »aber Du musst es gut aufbewahren und darfst es nie verlieren! – Verlierst Du es vor unserer Hochzeit, werde ich Dich nicht heiraten. – Du sollst es mir vor dem Beginn der Zeremonie am Traualtar zeigen.« Carlos schmunzelt und sagt: »Was wohl die Leute denken werden, wenn sie meine ausgebeulte Hosentasche sehen; sie wissen ja nicht, dass ich ein steinernes Herz in der Hose trage.« Und dann lacht er sich halbtot. »Das ist noch nicht alles, Carlos«, fahre ich fort. »Du musst mir jedes Jahr aufs Neue an unserem Hochzeitstag dieses Herz zeigen. – Kannst Du es nicht, weil Du es verloren hast oder verlegt und es nicht mehr wiederfindest, dann werde ich Dich verlassen.« – »Ich werde es bestimmt nie verlieren oder verlegen – viel zu lange musste ich darauf warten, dass Du es findest und mir gibst«, sagt Carlos leise.

Auf dem Rückweg zur Geburtstagsgesellschaft fragt mich Carlos, ob ich ihn übermorgen nach Rosario fahren könne ins Krankenhaus zu Dr. Da Silva. »Du brauchst Dich nicht mit ihm zu unterhalten, wenn Du nicht willst. – Er wird mir den Gips von meinem Bein abnehmen und mich noch einmal genau untersuchen, das wird eine Weile dauern. – Vielleicht möchtest Du lieber die Zeit nützen und einen Besuch bei Rosa machen?« – »Oh, nein«, entgegne ich, »ich werde Dich zu Da Silva begleiten, sonst denkt er noch, ich wäre feige und wollte mich drücken aus Furcht, mich auf eine Diskussion mit ihm einzulassen. Diese Freude werde ich ihm nicht machen. – Außerdem bin ich jetzt vorbereitet darauf, dass er mich möglicherweise provozieren wird; in diesem Fall darf er etwas von mir hören, über das er dann längere Zeit philosophieren kann!« – »Also Kampfansage?« – »Nicht unbedingt, mal sehen.« Wir bleiben eine Weile stehen, Carlos braucht eine Verschnaufpause. »Übermorgen«, sage ich nachdenklich zu Carlos, »wirst Du den Gips von Deinem Bein loswerden – dann sind es nur noch fünf Wochen bis zu unserer Hochzeit. – Nun hast Du eine Entscheidung zu treffen: Möchtest Du diese Wochen bis zur Hochzeit in Deiner eigenen Wohnung verbringen, oder willst Du weiterhin bei mir im Strandhaus wohnen bleiben, allerdings ohne dass wir Liebe machen werden, ohne große Berührungen, ohne innige Küsse – es wird so sein wie zwischen Bruder und Schwester. Erst in unserer Hochzeitsnacht darfst Du mich wieder berühren. – Ich weiß, dies ist eine harte Forderung für Dich – und auch für mich – aber in unserer Hochzeitsnacht soll es so sein, wie es war beim allerersten Mal, wie in Ajuy in unserer Höhle – so leidenschaftlich ... dass wir uns ineinander auflösen und davonschweben werden.« Carlos atmet einige Male tief durch, ehe er mir Antwort gibt. »Ich dachte mir schon, dass Du so etwas in Deinem Köpfchen hast!« Dabei sieht er mich mit diesem Blick an, von dem er weiß, dass ich gleich schwach werden und keinen Widerstand mehr leisten würde. »Mi corazón, Du weißt, was Du damit von mir verlangst; es wird die Hölle sein für mich. – Aber ich liebe Dich so sehr, dass ich Deinen Wunsch respektiere – unter dem Vorzeichen des Wahnsinns, und auch bedacht, dass ich vollkommen verrückt sein werde vor Verlangen nach Dir. – Und bist Du sicher, dass wir unsere Hochzeitsnacht lebend überstehen werden, nachdem ein Vulkan an Leidenschaft ausbrechen wird?«

Lustig und ausgelassen geht es inzwischen in Lorenzos Wohnküche zu. José, der Akkordeonspieler, sitzt auf dem Tisch und spielt und singt, und um ihn herum tanzen die Fischer, jeder mal für sich alleine und dann wieder alle zusammen in einem Reigen. Lorenzo bittet mich, mit ihm innen im Reigen zu tanzen. Ich muss wohl absolut dämlich dreinschauen, denn er ruft: »Okay, okay, ist ja gut, ich werde Carlos um Erlaubnis fragen! – He, Carlos, darf sie tanzen?« Carlos' Antwort verblüfft mich: »Sie wird tun, was sie will. Sie ist eine Indianerin – und sie trägt eine Feder im Haar. – Weißt Du, was Federn für Indianer bedeuten, Lorenzo? Sie sind ein Symbol für Freiheit!« Lorenzos Gesichtsausdruck spricht Bände, und er antwortet: »Da hast Du Dich aber auf etwas eingelassen, Carlos. – Freiheit! – Indianerin! – Das wird unbequem werden!« – Und trotzdem tanze ich mit Lorenzo, und er grinst unverschämt und freut sich. Nach dem Tanz bin ich außer Atem und möchte mich gerne hinsetzen. Er bietet mir einen Stuhl an und bringt ein Glas Wein, dann sagt er: »Freiheit also … das gefällt mir.« Und ich habe das Gefühl, dass ein klein wenig Bewunderung in seiner Stimme mitschwingt. Später, auf der Heimfahrt, meint Carlos: »Und Lorenzo wird ab heute zum absoluten Verfechter der Freiheit aller Frauen werden, dessen bin ich mir sicher, nachdem Du mit ihm auch noch getanzt hast wie wild!«

»Ich werde im Strandhaus wohnen bleiben«, sagt Carlos auf dem Heimweg von Puerto del Rosario. – Im Krankenhaus wurde ihm der Gips abgenommen, und Dr. Da Silva befand nach gründlicher Untersuchung vom Kopf bis zu den Füßen, dass alles soweit wieder in Ordnung gekommen ist. Nun sollte Carlos viel gehen und Treppen steigen, in den nächsten vierzehn Tagen allerdings noch mit Unterstützung einer Krücke, denn das Bein ist noch nicht zu hundert Prozent belastbar. Außerdem hat er Übungen mit seinen Zehen zu machen, wie zum Beispiel Bleistifte vom Boden hochheben. – Dazu lege ich überall im Haus bunte Farbstifte auf die Fliesen, Carlos muss barfuß kreuz und quer herumspazieren und die Stifte in der Reihenfolge der Farben im Regenbogen mit den Zehen aufheben, dann jeden einzelnen von ihnen sich selbst in die Hand geben, ins Schlafzimmer tragen, dort wieder auf den Boden legen, nochmals mit den Zehen aufnehmen, um sie dann zum Schluss als ein Stück vom Regenbogen auf dem Bett abzulegen. Dies macht er mehrmals pro Tag – am Vormittag, und, wenn auch müde, noch am späten Abend, wenn in seinem Restaurant die letzten Gäste verabschiedet sind und er nach Hause kommt. »Mi corazón«, stöhnt er manchmal, wenn wir zu Bett gehen und er mich nur auf die Wange küssen darf, »mi corazón, ich glaube noch kein Mann auf der ganzen Welt musste bislang solche Strapazen erleiden, solche Entsagungen hinnehmen wie ich, bis er die Liebe seines Lebens endlich zum Traualtar führen durfte.«

Die vergangenen fünf Nächte verbrachte Carlos versuchsweise in seiner eigenen Wohnung. Er kam nur am Vormittag im Strandhaus vorbei, machte tapfer seine Regenbogenübungen, brachte mir leckere Grüße aus der Küche mit von Ramon und ging dann schweren Herzens wieder zurück in sein Restaurant und in seine eigenen vier Wände. Einmal besuchte ich ihn am Abend, auf dem Rückweg von Anna und Laura, und blieb zum Essen. Ramon freute sich sehr darüber. Er servierte mir gleich eine ganze Flasche herrlichen Rotweins, der auf der Nachbarinsel Lanzarote angebaut worden war. Der Schachzug war wohl überlegt, denn

Ramon hoffte, ich würde die ganze Flasche austrinken, könnte dann nicht mehr mit meinem kleinen Auto zurückfahren ins Strandhaus und müsste bei Carlos übernachten. Und weiter plante er, dass, wenn ich einen Schwips hätte, Carlos mich ins Bett bringen, ich meine ganzen guten Vorsätze natürlich über Bord werfen würde und Carlos, dem bedauernswerten, armen Kerl, somit geholfen worden wäre. – Beinahe hätte der Plan auch funktioniert, wenn es nicht plötzlich zu regnen angefangen hätte und mir dabei einfiel, dass die Fenster im kleinen Haus am Strand noch seit Mittag weit offen stehen und der Wind den Regen ins Haus tragen könnte. – Als Carlos zu mir kam, am nächsten Vormittag, sagte er nur: »Es war gut, dass es regnete, wir hätten sonst beide heute kein gutes Gefühl mehr. – Der Regengott ist uns wohl beigestanden.«

»Nun sind es nur noch drei Tage bis zu unserer Hochzeit«, sagt Carlos beim Frühstück. »Ich werde sie in meiner Wohnung verbringen, und wir werden uns nicht sehen. Ich werde auch nicht auf Besuch zu Dir kommen, auch nicht zum gemeinsamen Frühstück. – Ich fühle, Du brauchst diese drei Tage für Dich ganz alleine, mi corazón.«

Carlos geht, und ich hole ein großes Blatt Papier und einen Bleistift und setze mich damit auf die Veranda und beginne alle Wörter aufzuschreiben, die mir gerade in den Sinn kommen – wahllos, kreuz und quer, übers ganze Blatt. – Ausdruck all der Gefühle, die mich gerade überrollen. – Ausdruck meiner Gedanken.

Zweiter Februar – Frühling auf Fuerteventura. Die Wüste trägt tausend Farben. Es duftet nach Blüten; ein Meer von Blumen überzieht das sonst so karge Land – Hochzeit. – Hochzeit auf Fuerteventura.

Leise Töne
trägt der Westwind
übers Meer
zu mir her.
Die Windharfe spielt ihr Lied.

Ich höre den Gesang
und die Trommeln der Mesa,
meine Brüder und Schwestern tanzen.

Oben auf der Mesa,
in Walpi, in Hano,
tanzen sie meinen Hochzeitstanz.
Hopi Butterfly.

Leise Töne
trägt der Westwind
übers Meer
zu mir her. –
Und die Windharfe spielt ihr Lied.

Ich stehe auf der Veranda in der Morgensonne und atme tief den Duft von Meer und Wüste ein. Ein warmer Windhauch spielt mit meinem Haar – und mein Blick wandert nach Westen. Ich höre das Rauschen des Meeres und fühle die Wellen der Liebe – und im Meer schwimmt die Wüste ...

Neun Uhr. Laura kommt pünktlich. Sie bringt mein Hochzeitskleid, das ich bei ihr vor Carlos' Blicken versteckt hielt, und sie hilft mir beim Ankleiden. Das Kleid ist ein champagnerfarbiges Etwas aus durchsichtiger, schimmernder Seide, mehrere Lagen wie Luft übereinandergelegt, am Rücken geknöpft – mit fünfundzwanzig kleinen Knöpfen aus Perlen.

»Du glaubst doch nicht ernsthaft, dass Carlos in Eurer Hochzeitsnacht fünfundzwanzig winzige Knöpfe einzeln aufmacht?«, schimpft Laura beim Zuknöpfen. »Er wird Dir das Kleid von den Schultern reißen! Du hast ihn so verrückt gemacht, dass er keine Geduld mehr haben wird für Winzlinge.« – »Oh, doch, er wird!«, antworte ich Laura. »Und zwar ganz langsam, Stück für Stück, Perle für Perle, alle fünfundzwanzig Winzlinge, denn er weiß, er hat alle Zeit der Welt, ich werde ihm nicht mehr weglaufen.«

Laura verlässt mich wieder, nachdem sie mich angezogen hat. Sie wird mit Robert, Anna und Felix – der extra zur Hochzeit aus Deutschland anreiste – mit Rosa, Ramon, den beiden Da Silvas, mit Lorenzo, dem Fischer, und José, dem Akkordeonspieler, vor dem Standesamt auf uns warten.

Durch die geschlossenen Fenster zur Veranda blicke ich wieder hinaus aufs Meer. Ich höre Carlos' Auto, wie er herfährt zum Haus, höre seine Schritte in Richtung Veranda, höre ihn meinen Namen rufen; er ruft heute nicht: ›Mi corazón‹, er ruft meinen Namen, so wie im letzten Sommer, so wie vor Ajuy. – Ich öffne die Verandatüre, wir sehen uns an, unsere beider Kehlen werden eng, und Carlos sagt mit rauer Stimme: »Komm, lass uns einfach versuchen, in der Flut zu schwimmen.« – Die Worte, die er schon einmal zu mir sagte, damals, als alles begann, vor der Fahrt nach Ajuy im vergangenen Sommer. – Er bringt mich zu seinem schönen neuen Auto, hilft mir beim Einsteigen, läuft um den Wagen herum, setzt sich hinters Steuerrad, lässt den Motor an, fährt ein paar wenige Meter, bremst, stellt den Motor ab, und fragt: »Willst Du es wirklich? Willst Du es so sehr, wie ich es will?« Ich gebe ihm keine Antwort darauf, ich blicke nur in seine dunklen Augen. Er lässt den Motor wieder an, und wir fahren ganz langsam zur Trauung. – So wie es war, damals auf dem Meer, im Boot von Lorenzo, auf der Fahrt zu unserer Höhle.

Es ist spät in der Nacht, das Hochzeitsfest ist verklungen, wir stellen das Auto ab am Strandhaus und laufen hinunter zum Meer.

In der Morgendämmerung kehren wir zurück zum kleinen Haus am Strand. Carlos trägt mich über die Türschwelle. Er trägt mich bis ins Schlafzimmer. »Wie schön Du bist, mi corazón«, flüstert er. – Und langsam, unendlich langsam, öffnet er eine Perle nach der anderen. – Und wir lösen uns ineinander auf und fliegen davon in eine andere Welt.

Nachwort

Carlos und ich sitzen am Strand, im warmen Sand, ab und zu kommt eine vorwitzige kleine Welle und spielt mit unseren nackten Füßen. Ich lächle Carlos an und sage:

»Es war einmal eine Schriftstellerin, die sich in ihren eigenen Romanhelden verliebte. – Er ging ihr nicht mehr aus dem Kopf, und auch als der Roman schon längst fertig geschrieben war, dachte sie noch jeden Tag an ihn. – Und da beschloss sie, bevor sie aus lauter Sehnsucht noch krank werden würde, ihr Leben fortan mit ihm zu teilen.«

* * * * * * *

Von Sibylle Sophie im
R. G. Fischer Verlag erschienen:

Der Tanz der weißen Schmetterlinge
Erzählungen Märchen Gedichte
2003. 72 Seiten. Paperback € 10,90.
ISBN 3-8301-0460-X

Rosen über dem Regenbogen
Gedichte
2002. 56 Seiten. Paperback € 14,80.
ISBN 3-8301-0340-9

Der Klang der Windspiele
Gedichte und Erzählungen
2002. 56 Seiten. Paperback € 14,80.
ISBN 3-8301-0340-9

edition fischer
im
R.G. Fischer Verlag
Orber Str. 30 • 60386 Frankfurt/Main